TOM EN KATJA
EN HET

Voor Hans Walter
Inspirerend en nog altijd bij ons

TOM EN KATJA
EN HET

Rob Buiskool

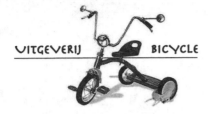

UITGEVERIJ BICYCLE

CIP-gegevens Koninklijke Bibliotheek, Den Haag

Buiskool, Rob

Tom en Katja en het Mysterie van Negen / Rob Buiskool
vanaf 11 jaar
Omslagillustratie: Bert Zeijlstra
Bewerking: Jannie Maes
Vormgeving: Bureau Maes & Zeijlstra, Oosterbeek
Internet: www.tom-en-katja.nl

ISBN-10: 90-78563-01-X
ISBN-13: 978-90-78563-01-3 / NUR 284

Copyright © 2006 bij Uitgeverij Bicycle, Arnhem

Inhoud

Hoofdstuk 1 *De ontvoering*

Het gebeurde in een flits. De auto stopte met gierende remmen op de hoek van de straat. Het achterportier ging open en de man in de grijze regenjas werd naar binnen getrokken. De auto trok met grote snelheid op en was in een paar tellen om de hoek verdwenen. Het enige dat eraan herinnerde dat er op de hoek zoëven nog een man had gestaan, was een breedgerande hoed die even rondtolde en toen stil bleef liggen.

Katja was zich rot geschrokken. Zij kwam net van voetbaltraining en had het allemaal zien gebeuren. De man in de grijze regenjas had geen kans gehad; niet om te vluchten en zelfs niet om te schreeuwen.
Katja schudde haar hoofd alsof ze het allemaal nog niet helemaal bevatte of kon geloven. Maar de zwarte rookwolk van de auto en de hoed van de man waren stille getuigen van wat zojuist gebeurd was.
Katja holde naar de hoek van de straat. De hoed lag omgekeerd, met de rand naar boven. Ze pakte het hoofddeksel op. Het was een groenbruine hoed met een brede rand. Hij voelde nog een beetje warm aan; een vreemd gevoel. Zij draaide hem om. Binnen in de hoed zat een bruinleren strook met gouden letters en een aantal getallen. Katja

moest de hoed ronddraaien om het te kunnen lezen. De Arnhemsche Hoedenhandel, Parklaan 45 mt 54. Katja wist niet goed wat ze ermee moest doen. Ze las de tekst op de rand nogmaals. Katja dacht dat het laatste getal wel de maat van de hoed moest zijn. Ondanks dat ze erg geschrokken was, vond ze het wel grappig dat de maat van de hoed het omgekeerde was van het huisnummer van de hoedenhandel. Wat moest ze doen? De politie bellen of 112? Zelf naar het politiebureau gaan en vertellen wat ze gezien had? Zij besloot snel naar Tom te gaan. Tom had altijd en overal een antwoord op. Bovendien was Toms vader iets belangrijks bij de gemeente, dus die kon hun ook raad geven. Ze keek nog eens in de rand van de hoed naar de twee getallen. 'Wat toevallig', zei ze tegen zichzelf.

Katja kon niet vermoeden dat dit ogenschijnlijke toeval de volgende dagen van haar vakantie drastisch zou veranderen.

'En het enige dat van de man achterbleef was zijn hoed, deze hier', legde Katja uit aan Tom, haar beste vriend. Tom, die eigenlijk volgens zijn ouders Thomas heette, keek Katja ongelovig aan en staarde toen naar de hoed.

'Eigenlijk zou ik moeten denken dat je me voor de gek houdt. En dat je deze hoed bij je opa van de kapstok hebt gehaald en onderweg naar hier dit ontvoeringsverhaal hebt bedacht om de hoed interessanter te maken.'

Toms gedachte was zo gek nog niet. Katja haalde minstens twee keer per week een grap uit met haar beste vriend of met haar eigen familie. Als je een deur opendeed en je kreeg een ballon met water op je hoofd, of als je je handen afdroogde en ineens allemaal inkt aan je handen had, wist je bijna zeker dat Katja dat op haar geweten had. Katja hield van een grap en noemde ze haar eigen 'Special Effects', maar niet iedereen zag er de humor van in.

Katja's vader wel, die vond het prachtig: 'Wat een humor heeft dat kind toch! Ik deed precies hetzelfde toen ik zo oud was. Als je jong bent, moet je lol maken en niet de hele dag achter de computer zitten. Daar krijg je maar vierkante ogen van.'

Katja's moeder daarentegen werd er moedeloos van, want zij kon meestal de resultaten van Katja's grappen opruimen. 'Ik wilde dat dat meisje wat meer op Tom leek dan op jou. Haar vriend heeft misschien dan wel een beetje vierkante ogen van die computer, maar zijn moeder hoeft tenminste niet constant de rommel achter hem op te ruimen.'

Katja's vader bekeek de zaken liefst van de zonnigste kant. Hij was grafisch tekenaar van zijn vak en vond dan ook alles wat een beetje creatief en gek was, prachtig. Hij schilderde graag, had een eigen bluesband waarin hij zong en gitaar speelde en zijn lievelingsuitspraak ging over het verschil tussen een Pessimist en een Optimist.

'Als hij 's morgens wakker wordt en het mist, zegt de Pessimist: het is de pest die mist. Als daarentegen een Optimist 's ochtends opstaat en die mist ziet, zegt hij direct: het trekt wel op die mist.' En elke keer dat hij deze uitspraak deed, moest Katja's vader dan weer naar zijn zakdoek grijpen om zijn tranen van het lachen weg te deppen, zo grappig bleef hij dit vinden.

Katja en haar moeder lachten dan maar schaapachtig mee, ook al hadden ze dit al duizend keer gehoord.

Ondanks de flauwe grappen, was Katja er wel trots op dat zij veel op haar vader leek. Niet alleen omdat ze dezelfde

9

zwarte krullen en groene ogen had. Maar ook omdat haar vader prachtig kon tekenen en enorm veel wist van kunstgeschiedenis en van de oorsprong van oude mythen, sagen en legenden. Hij kon bovendien goed vertellen en als ze op vakantie waren, wist hij van elk saai torentje of oud schilderij dat ze zagen een boeiende uitleg te geven.

Katja was daardoor zeer geïnteresseerd geraakt in alles wat verder ging dan het oog kon zien. Ze had alle boeken van haar vader al meer dan twee keer doorgekeken en zij wist daarom meer van bijvoorbeeld handlezen, sterrenkunde, Koning Arthur, van heksen, tovenaars en magie, dan al haar vriendjes en vriendinnetjes in de klas bij elkaar. Ze had nog niet zo lang geleden een boek over Numerologie uit haar vaders boekenkast gehaald. Numerologie gaat over de bijzondere betekenis van getallen en ze vond het veel te ingewikkeld. Maar toch waren er een paar onderwerpen in het boek die ze heel boeiend had gevonden en die waren blijven hangen. Eén daarvan was dat alle vermenigvuldigingen in de tafel van negen, bij elkaar opgeteld ook weer negen werden. En wat ze zelf had ontdekt toen ze op de basisschool de tafel van negen moest leren, was dat de uitkomsten van de tafel van negen ineens het omgekeerde van elkaar werden. Achttien en éénentachtig, zesendertig en drieënzestig, bijvoorbeeld.

Misschien was het daarom dat die twee nummers in de hoed haar zo aanspraken. Vijfenveertig en vierenvijftig. Was dat toeval? Misschien wel, maar het waren allebei getallen uit de tafel van negen en het omgekeerde van elkaar. En als je de cijfers van de getallen optelde, werd dat ook weer negen...

Hoofdstuk 2 *De hoed*

'Het is echt gebeurd en ik sta nog te trillen op mijn benen', zei Katja nog eens tegen Tom, die haar onderzoekend met zijn blauwe ogen bleef aankijken. Tom wilde haar wel geloven, maar iets zei hem dat hij voorzichtig moest zijn. Ze waren al vrienden sinds het kinderdagverblijf en vanaf de eerste ontmoeting had Katja al grappen met hem uitgehaald. Tom voelde in gedachten nog de bult op zijn blonde hoofd die Katja hem bezorgd had toen zij hem op die eerste dag wilde helpen wat harder van de glijbaan af te glijden...

'Oké, laten we eens op een rijtje zetten wat je precies hebt gezien. Wat voor soort auto was het, welke kleur had hij en wat stond er op het nummerbord?', vroeg hij in rap tempo. Tom kon snel dingen op een rijtje zetten. Hij was goed in wiskunde en natuurkunde en zat graag achter zijn computer te surfen en te chatten met allerlei jongens en meisjes over de hele wereld.
Katja zei wel eens dat hij een soort 'nerd' was, je weet wel, zo'n computerbleekneus die de hele dag achter zijn beeldscherm zat en probeerde in te breken op de website van de regering of van een rijke spaarbank om gegevens te veranderen of veel geld weg te sluizen.
Maar als Katja dat zei, begon Tom altijd hard te lachen.

11

'Mens, ik kan nét met de computer mijn email uitlezen en met een zoekmachine het telefoonnummer van mijn oma vinden. Doe toch niet zo raar.' Toch was dat niet helemaal waar; Tom kon heel veel met zijn computer. Maar hij vond het niet leuk als iedereen dat wist, en als ze echt zouden denken dat hij een nerd was.

'Als we van plan zijn om naar de politie te gaan,' vervolgde hij, 'moeten we precies weten wat er is gebeurd, anders sta je daar maar te stamelen. En dan geloven zij zeker niet dat je dit hebt meegemaakt. Dus wat was het nummer, de kleur en het merk van de auto?'

Katja dacht diep na. Ze had daar helemaal niet op gelet. Zij was vooral geschrokken en het was ook zo ontzettend snel gegaan.

'De auto was een stationwagen, maar ik weet niet exact of het een Renault of een Peugeot was. Die nieuwe modellen lijken allemaal zo op elkaar', zei ze voorzichtig. 'Ik geloof dat de kleur beige of lichtbruin was. In ieder geval een on-opvallende kleur.'

'Oké', zei Tom, 'als je er niet helemaal honderd procent ze-ker van bent, dan zouden we de geheugentruc kunnen doen en terug kunnen gaan naar de plek waar het gebeurde.'

Dat vond Katja een goed plan. Dat deden ze in politiefilms ook altijd. De agenten gingen dan terug naar de plaats waar de overval of moord was gepleegd en speelden dan in zo'n reconstructie het voorval na. Vaak kwamen er dan dingen naar voren die mensen waren vergeten in hun getuigenis of het bleek dan dat sommige zaken niet konden zijn gebeurd. Katja kon zich herinneren dat er eens in een aflevering van een Amerikaanse politieserie een getuige was geweest die had verteld dat hij zeker wist hoe laat een overval had plaats-

12

gevonden. Hij hield vol dat hij vanaf de plek waar hij had gestaan, precies op de kerktoren had kunnen zien hoe laat het was. Bij de reconstructie bleek dat de man de klok onmogelijk had kunnen zien, omdat de kerktoren achter een wolkenkrabber stond. De man bleek alles gelogen te hebben en was zelf de dader.

Katja vond het nu helemaal een goed plan om alles nog eens rustig te bekijken. Het idee dat zij naar de politie zou gaan en alles zou vertellen, vond ze al eng. Maar stel dat ze haar niet zouden geloven en zouden denken dat zij het misschien allemaal had verzonnen omdat er dingen in haar verhaal niet klopten! Nee, dat wilde zij zeker niet.
Zij pakte de hoed op bij de punt omdat ze dat ook altijd deden bij de politie. Er zouden eens vingerafdrukken op komen! Op dat moment viel er een klein stukje papier uit de hoed op de grond. Katja had het niet in de gaten, maar Toms scherpe ogen hadden het direct opgemerkt. Hij hield niet van rommel – elk vodje, hoe klein ook, werd in zijn kamer meteen opgeruimd.
'Wat is dat voor briefje, Katja?', vroeg hij en bukte zich al om het op te pakken.
'Laat liggen!', zei Katja die nog steeds aan de politieserie dacht. 'Misschien komt het wel uit de hoed, en dan moeten we voorzichtig zijn met sporen en vingerafdrukken.'

Tom pakte een pincet uit de bovenste la van zijn bureau. Katja boog snel voorover om in die la te kunnen kijken, maar ze was al te laat. Tom had de la al met een klap dichtgeslagen en keek Katja een beetje boos aan. Dit was de geheime la die Tom 'het Decisiecentrum' noemde. Katja had geen idee wat hij daarmee bedoelde en Tom had haar nog nooit in de la laten kijken.

Katja was heel nieuwsgierig naar wat er allemaal inzat, want Tom haalde er altijd handige dingen uit: een kompas, een padvinderszakmes met 25 verschillende functies of een verrekijker voor één oog, meestal dingen die ze op dat moment goed konden gebruiken. Tom deed er heel geheimzinnig over, en hoewel ze al meer dan tien jaar vrienden waren, had Katja nog nooit in de la mogen kijken.

Tom pakte voorzichtig met het pincet het stukje papier op. Het leek een gewoon stukje gevouwen papier, toen hij het op zijn bureau legde, kon hij het gemakkelijk openvouwen. Er stonden een paar woorden op en Katja en Tom bogen zich voorover om te kunnen lezen wat er op stond.

Het waren kleine priegellettertjes in een handschrift dat nauwelijks te lezen was, maar toen Tom een vergrootglas uit zijn la haalde – en Katja weer net te laat was om erin te kunnen kijken – konden ze de meeste woorden ontcijferen.

De weg wordt bepaald door de getallen van ——— ,
Het Enneagram wijst waar .. ——— —— is gelegen
Wat zal worden ———— , behoeft niet te worden verzwegen
Alleen de ware ———— behaalt met volharding de zege.

Hoofdstuk 3 *Het briefje*

Een aantal woorden was absoluut onleesbaar door de kreukels in het briefje en het handschrift hielp ook niet echt om het te ontcijferen.

Tom begon hardop te lezen.

'De weg wordt bepaald door de getallen van puntje puntje. Het Enneagram... Enneagram? Wat is dat nou weer? Nou ja, laat maar even.

Het Enneagram wijst waar puntje puntje is gelegen.

Wat zal worden puntje puntje, behoeft niet te worden verzwegen.

Alleen de ware puntje behaalt met volharding de zege.

'Nou, dat is duidelijke informatie. Voor een taalkundige met een leesgebrek.'

Tom was geen ster in talen en Nederlands was, na Duits en Engels, zijn slechtste vak.

'Wacht eens', zei Katja. 'Het is in ieder geval een gedicht, want het rijmt allemaal op elkaar. Dus het eerste woord dat we niet kunnen lezen, eindigt op ege of egen. De getallen van... negen? De weg wordt bepaald door de getallen van negen? Klinkt niet slecht, maar het zegt me niets.

Het Enneagram wijst waar hmm hmm is gelegen. Ik geloof dat ik dat woord Enneagram wel eens ben tegengekomen in

een van de boeken van mijn vader. Dat zoeken we op! Misschien is het wel een kompas dat naar een bepaalde plek of naar een schat wijst?
Wat niet wordt hmm behoeft niet te worden verzwegen. Wat niet wordt... verraden? ... geraden? ... gevonden? Verzin jij eens wat Tom! Of start je computer eens op om dit raadsel op te lossen.'

Tom staarde naar het briefje en drukte op de startknop van zijn computer. 'Wat moet ik oplossen? Een computer kan geen gaten in rijmpjes dichten!'
Katja vond zijn woordspeling wel grappig, maar wist bijna zeker dat hij dat niet opzettelijk had verzonnen.
'Ik kan wel naar huis gaan om alle boeken van mijn vader door te lezen om te zoeken naar informatie over een Enneagram, maar ik denk dat je dat via Internet veel sneller kunt vinden.'
Tom vond dat ze gelijk had en draaide zich om naar het beeldscherm. Dat ging niet zo heel eenvoudig, want zijn lange benen pasten niet helemaal onder zijn bureau. Hij had zijn draaistoel al helemaal op de laagste stand moeten zetten om niet met zijn knieën tegen de onderkant van het bureaublad te stoten. Hij klikte een paar keer met zijn muis en al gauw had hij een zoekmachine op het scherm. Hij typte het woord Enneagram in en binnen een paar seconden had hij een scherm vol informatie voor zich.
Katja boog zich voorover. 'Ajakkes,' zei ze, 'het is allemaal psychologisch gedoe!'
Daar had ze gelijk in, want alle verwijzingen op het scherm gingen over psychologie en dingen zoals persoonlijke ontwikkeling.

'Hier komen we niets verder mee', zei Katja ongeduldig. 'Hoewel, zou die ontvoerde man misschien een psychiater zijn geweest?'

Tom was ondertussen door aan het zoeken en reageerde niet. Het leek wel of hij verbonden was aan zijn eigen computer. Razendsnel schoof hij met de muis en typte hij op zijn toetsenbord.

'Ik heb wat', zei hij opeens triomfantelijk. 'Een Enneagram is een negenpuntige ster en die wordt gebruikt om te kijken wat voor soort karakters mensen hebben. Dat verklaart al die psychologische verwijzingen. Maar eigenlijk is het al heel oud en werd het gebruikt door een oude monnikenorde, de Soefi's, die het eeuwenlang geheim hebben gehouden. De betekenis werd alleen mondeling aan andere Soefi's doorgegeven, zo geheim was het. Het is pas voor het eerst halverwege de vorige eeuw bekend geworden.

'En wat kun je ermee?', vroeg Katja, die van opschieten hield en snel alles wilde weten.

'Tja, zo ver ben ik nog niet', zei Tom, 'wel weet ik dat "ennea" negen betekent en "grammos" in het Grieks punten betekent. Een negenpuntige figuur dus. Ik heb er hier een tekening van, kijk.'

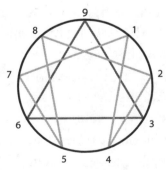

Hoofdstuk 4 *De negenpuntige ster*

De tekening die te zien was op Toms beeldscherm was een figuur die ze nog nooit eerder gezien hadden.

'Het lijkt net de Davidsster', zei Katja, 'je weet wel, het symbool van de Joden en Israel, maar dan met meer verbindingspunten en een beetje mislukt. En dit zou ergens naar wijzen volgens het gedicht? Naar de schat van die Soefi's misschien?'

'Er staat niets over een schat van de Soefi's bij', zei Tom. 'Integendeel zelfs, het was een monniken-orde die vooral niets met rijkdom te maken wilde hebben, lees ik hier. Wel bijzonder vind ik dat dit een negenpuntige ster is en dat het dus ook te maken heeft met de getallen van negen. De weg wordt bepaald door de getallen van negen, weet je nog?'

'Ja, ja', zei Katja een beetje geirriteerd. Alsof ze dat nu al vergeten zou zijn, ze had die zin notabene zelf opgelost! 'En staat er nog wat meer informatie bij? Iets over dat die Soefi's een geheim hebben verborgen dat met behulp van een negenpuntige ster gevonden kan worden?'

'Nee, dit is het wel zo'n beetje. Ik denk dat we verder op onze eigen hersens moeten vertrouwen. Zie je trouwens dat in die figuur de zes, de negen en de drie met elkaar zijn verbonden en dat de één, de vier, de twee, de acht, de vijf en de zeven apart met elkaar zijn verbonden?'

Katja had het ook gezien. 'Dat is wat deze ster juist zo gek maakt', zei ze. 'Het zijn eigenlijk twee figuren die niets met elkaar te maken lijken te hebben. En die volgorde 1, 4, 2, 8, 5, 7 is ook zo raar.' Ze beet op haar lip.

Dat vond Tom een goed teken; als Katja op haar lip beet, was ze vaak op haar slimst.

'Weet je,' zei ze nadenkend, 'als je die getallen bij elkaar optelt, dan krijg je 27 en dat samen opgeteld is weer 9! En dat geldt trouwens ook voor 9, 3 en 6. Opgeteld maken ze 18 en die twee getallen samen geven ook weer 9. Vreemd...'

Ze moest ineens weer denken aan de getallen in de hoed. 'Kijk Tom,' zei ze, terwijl ze de hoed voorzichtig oppakte en omdraaide, 'in de hoed staat een adres en een getal waarvan ik denk dat het een hoofdmaat is. De een is 45 en de ander is 54 en beide zijn ze opgeteld ook weer negen.'

Tom had het adres nog niet gezien en terwijl hij de getallen in de leren rand bestudeerde, bedacht hij dat dit zeker toeval moest zijn. Om Katja niet voor het hoofd te stoten zei hij: 'Ja, een beetje toevallig is het wel; ik denk dat we de eerste regel van het gedicht maar eens moesten gaan volgen.'

Katja keek hem niet-begrijpend aan.

'Ik bedoel dat we eens een kijkje moeten gaan nemen in de Parklaan bij nummer 45', zei hij terwijl hij zijn computer uitzette. 'Jij begint al helemaal bleek weg te trekken van al dat nadenken en er komen diepe denkrimpels in je voorhoofd. Het is beter als we er even uit gaan.'

Katja voelde meteen aan haar hoofd, maar toen ze pretlichtjes zag in Toms blauwe ogen, had ze direct in de gaten dat ze niet in de spiegel hoefde te gaan kijken of ze er echt zo bleek uitzag.

'De enige die altijd bleek is, ben jij, computerfreak', zei ze lachend. 'Jouw idee van sport is schaken met je vrienden over de hele wereld en als je echt uit je dak gaat, ga je autoracen met een nepstuur achter je computer. En nu ga je mij ineens vertellen dat je weet dat er zoiets als buitenlucht bestaat?'

Tom schoot in de lach. Hij wist dat Katja behalve erg sportief en een beetje stoer, ook best wel ijdel was en dat een opmerking over rimpels altijd doel trof. Hij moest ook lachen omdat Katja gelijk had. Hij was inderdaad de laatste achtenveertig uur niet meer buiten geweest en sporten deed hij liever op zijn computer, dan werd je er ook niet moe van.

'De Parklaan is niet zo erg ver van hier', zei hij, terwijl hij naar de kapstok liep en zijn jack pakte. 'We kunnen wel gaan lopen. En we komen dan ook nog onderweg langs de plek waar de ontvoering was.'

Katja schrok een beetje. Ze was door het gedicht in de hoed en dat raadselachtige Enneagram helemaal vergeten dat ze net getuige was geweest van een ontvoering.

Hoofdstuk 5 *Parklaan 45*

Toen ze bij de hoek aankwamen, zag het er uit alsof er nooit iets was gebeurd dat maar op een ontvoering léék. De straten zagen er vredig uit en toen Tom keek of hij remsporen zag, waren daar zelfs nauwelijks tekenen van te zien.

'Tja', zei hij tegen Katja, 'dit wordt een moeilijk geval als je naar de politie gaat. Behalve jouw verhaal en de hoed, is er niets dat op een misdrijf duidt.'

Katja keek peinzend. Haar ervaringen met de politie waren tot op heden niet erg positief geweest. Niet dat ze een strafblad had. Nee, maar ze was eens betrapt op het dak van de basisschool en één keer had ze per ongeluk een ruit kapot geschoten tijdens het voetballen op het schoolplein. Bij beide voorvallen had de politie bijzonder onaangenaam gedaan en haar behandeld alsof ze een doorgewinterde crimineel was.

'Weet je wat,' zei ze, 'we lopen wel door naar de Parklaan. Misschien komen we daar wat meer te weten en dan kunnen we de politie meer vertellen.'

De Parklaan was niet ver en al gauw liepen ze langs fraaie villa's die rondom een plantsoen stonden.

Sommige huizen waren al heel oud en zagen er een beetje vervallen uit. Andere waren prachtig opgeknapt en leken alsof ze nét gebouwd waren, met mooie hoge ramen en bordessen die omgeven waren met zuilen.

'Het lijkt wel of we in het begin van de vorige eeuw rondlopen', fluisterde Katja tegen Tom, die ook vol ontzag naar de oude huizen keek.

Nummer 45 was een kleine villa aan het eind van het plantsoen. Voor deze villa gold niet dat ze kortgeleden nog was opgeknapt. Integendeel, het huis zag eruit alsof er nog nooit iemand had gewoond of ook maar had willen wonen. De hoge ramen waren geblindeerd met afgebladderde luiken. Er zaten gaten in het pleisterwerk waar je de oude bakstenen doorheen zag. De dakgoten hingen scheef, en één daarvan werd zelfs alleen nog maar omhooggehouden door een oude regenpijp. En het gietijzeren hek was zo door en door verroest dat de oude statige poort die vroeger voorname gasten had verwelkomd en ongenode gasten had tegengehouden, half naar binnen hing.

'Wat een verlaten plek', fluisterde Katja weer. 'Wat wil je hier gaan doen, er woont hier vast niemand meer.'

Tom mompelde wat en bekeek het huis met zijn scherpe ogen. Op de gevel van het huis stond met afgebladderde gouden sierletters 'Parklaan 45' en daaronder een teken dat hij wel kende, maar niet direct kon thuisbrengen.

'Katja, zie je dat teken onder de naam van de villa!' Katja zag het ook. Zij herkende het direct, het was het teken van een sterrenbeeld.

'Dat is het sterrenteken Kreeft', zei ze weifelend, omdat ze nu ook voor het eerst zag dat het teken ook heel veel leek op twee liggende negens.

Tom had kennelijk aan hetzelfde zitten denken, want hij zei: 'Inderdaad Kreeft, maar ook twee negens.'

Op dat moment hooorden ze gestommel in het huis en leek het alsof een luik snel werd dichtgetrokken. Ze schrokken zich een hoedje.

'Er is iemand binnen', zei Tom met onvaste stem. Zijn altijd wat bleke gezicht had een groenig tintje gekregen. 'Laten we aanbellen en vragen naar de hoed. Ga jij maar voor, een meisje kan zulke dingen beter vragen dan een jongen.' Hij deed een stap opzij om Katja voor te laten.

Katja keek hem bevreemd aan. Waarom was hij nou ineens zo bang? Anders was hij altijd behoorlijk zeker van zijn zaak.

'Ik krijg de kriebels van die negens', zei Tom. 'Ik geloof niet in toeval en dit is me allemaal veel te toevallig aan het worden.'

Katja haalde haar schouders op en hoewel ze zich ook niet erg op haar gemak voelde, vond ze dat aanbellen geen kwaad kon. Ook al was het een doodeng huis.

Ze liepen over het pad naar het huis. Er groeide onkruid tussen de tegels. Aan het eind van het pad moesten ze een aantal marmeren treden op. Twee ervan waren doormidden gebroken en hingen scheef. Tom schaafde zijn schoen aan de rand van een marmeren trede en bromde iets tussen zijn tanden. Tom was nogal zuinig op zijn kleren en zijn schoenen poetste hij elke dag.

Katja was als eerste bij een grote dubbele eikenhouten deur, die vroeger zeker erg mooi bruin was geweest. Nu was de lak grotendeels afgebladderd en het hout verweerd en had het een grijzige kleur gekregen. Naast de deur hing een oud zwartgelakt bord waarop 'De Arnhemsche Hoedenhandel' stond in dezelfde sierlijke letters als op de gevel. Je moest alleen wel je hoofd scheef houden om het te kunnen lezen. Het bordje hing nog aan één schroef. Er was geen bel, alleen een grote klopper in het midden van de deur in de vorm van een hand. Katja stak weifelend haar hand uit om de klopper te pakken. De hand leek erg op een klauw en het vreemde was, dat het koper van de klopper heel erg glom en er nieuw uitzag. Net alsof hij heel vaak werd gebruikt.

Op dat moment ging de deur piepend open.

Hoofdstuk 6 *In het huis*

De deur ging op een kier en er werden vier gerimpelde vingers zichtbaar die zich om de rand van de deur sloten. De deur ging verder open en door het invallende licht zagen Tom en Katja een oud mannetje in een keurig zwart kostuum. Het kostuum was te groot voor zijn postuur en doordat hij krom en gebogen stond, leek het net alsof hij het pak met kleerhanger en al had aangetrokken.

De oude man vroeg met een vermoeide stem: 'Wat kan ik voor de heren doen?' Op dat moment merkten Tom en Katja dat de man hen niet kon zien; zijn ogen waren samengeknepen en hij keek een beetje naast hen in de richting van het plantsoen. Was hij blind?

'Twee hoeden op maat? Borsalino is weer in tegenwoordig', sprak de man nu met duidelijke stem en het leek net alsof hij een ingestudeerd zinnetje opzei.

'Nee,' zei Tom die zijn zekerheid had teruggevonden en naar voren stapte, 'we zoeken de eigenaar van een hoed die we hebben gevonden.'

'Voor dat soort fratsen heb ik geen tijd', snauwde het oude mannetje onvriendelijk en begon de deur dicht te duwen. 'Die jongelui van tegenwoordig denken maar dat ze alles kunnen doen als ze vakantie hebben. Als ik de luiken niet gesloten hield, zouden ze alle ruiten nog ingooien.'

Op het moment dat Katja al was teruggeduwd en Tom nog met zijn geschaafde schoen tussen de deur zat doordat hij hem nét te laat had weggetrokken, klonk er een donkere stem vanuit het binnenste van het huis: 'Wat is er aan de hand Ezechiël, hebben we gasten?'

'Neen, heer, het zijn slechts brutale kinderen met snode plannen en pesterijen', sprak het gebogen mannetje met een beetje angst in zijn stem. 'Ze doen alsof ze informatie willen, maar ik weet wel zeker dat ze eigenlijk kwaad in de zin hebben, zoals zo velen van hun leeftijdgenoten. Het is schorem en lastpakkerij en ik heb ze zojuist de deur gewezen.'

'En als deze kinderen nu werkelijk informatie willen?', klonk het vanuit het huis. 'Of als het misschien kinderen zijn van een van onze klanten? Laat hen binnen en breng ze bij me. En wees beleefd! Elk levend wezen heeft recht op mededogen en respect.'

Het kleine mannetje deed zachtjes mopperend de deur weer open.

'Komt genoeglijk binnen jonge heren, zal ik uw overjassen en wandelstokken aannemen?'

Katja en Tom keken hem verbaasd aan. Overjassen en wandelstokken? In welk jaar leefde dat vreemde mannetje?

De man wachtte niet op antwoord en maakte geen aanstalten om ook maar iets van hen aan te nemen, hoewel Tom wel zijn jack had uitgetrokken. Hij draaide zich abrupt om en gebaarde dat zij hem moesten volgen.

Dat werd een vreemde achtervolging. Hoewel het mannetje wel achthonderd jaar oud leek, hobbelde hij op een drafje naar het eind van de lange gang. Tom en Katja moesten werkelijk een sprintje trekken om hem bij te houden. En eigenlijk was dat jammer, want zo kreeg Katja nauwelijks de gelegenheid om de schilderijen die in de gang aan de muur hingen, te bekijken. Wel zag ze in een flits dat ze heel oud waren en vooral dat ze bijna allemaal voorstellingen waren van Bijbelse taferelen, met veel donder en bliksem, engelen, duivels en hellevuur.

'Dat zijn geen schilderijen, maar Bangmakerijen', zei haar vader altijd als ze in een museum liepen met zulke schilderijen aan de muur. 'In de middeleeuwen werden dit soort werken meestal in opdracht van de kerk of van rijke geestelijken gemaakt; ze dienden om de gewone mens erop te wijzen dat de kerk heel belangrijk voor ze was. Als je niet regelmatig naar de kerk kwam en van God hield en de Duivel vreesde, dan kwam je niet in de hemel.'
Katja was als kind heel bang geweest voor dat soort schilderijen, maar toen ze groter werd en kon begrijpen wat haar vader bedoelde, was haar angst gauw verdwenen. Toch voelde ze zich niet op haar gemak toen ze langs de griezelige voorstellingen draafde. Het was net alsof de duivels en engelen haar nakeken.
Aan het eind van de gang had het mannetje inmiddels aangeklopt en op het moment dat er 'binnen' werd geroepen, waren Tom en Katje ook bij de deur aangekomen. Ze stonden een beetje te hijgen en het oude mannetje keek hen vals triomfantelijk aan, want hij leek helemaal niet vermoeid.
'Jonge lieden, niets anders dan lui zweet, hijgend hert en lasterlijke prietpraat', zei hij kortaf, en gaf ze een gemeen duwtje, zodat ze bijna door de deuropening heen de kamer binnen vielen.

Het was een kamer zoals ze nog nooit gezien hadden. Het leek wel een museum van vreemde kunsten. Aan de muur hingen grote schilderijen met daarop ridders in harnassen en edelen in kostuum, sommigen staand, anderen op een stoel zittend. Het leek een allegaartje van verschillende soorten mensen door de eeuwen heen, met echter één opvallende overeenkomst. Alle mannen op de schilderijen hadden staalblauwe priemende ogen die dwars door je heen keken als je naar het schilderij staarde.

In de kamer was het heel anders. Er stond een groot bureau in de hoek naast een groot venster. Het bureau lag vol met papieren en oude boeken. Naast het bureau stond een beeld van een Sfinx. Aan de andere kant van de kamer waren nog meer Egyptische beelden en in een vitrinekast lagen en stonden kleine gouden beeldjes te glanzen in het licht van het haardvuur.

Het was een grote, ruime kamer. Er stonden een aantal grote luie stoelen en twee banken in een kring rond een flakkerende open haard. Voor de open haard lag een groot leeuwenvel. De grote stoelen en banken waren van leer met knoppen erin. Ze zagen er comfortabel uit en in een ervan zat een grijze man in een kamerjas, met een klein hoedje op. Hij rookte een pijp en keek hen vriendelijk aan.

'Zo jongedame, jongeheer, met wie heb ik het genoegen en wat kan ik voor jullie betekenen?' Zonder het antwoord af te wachten zei hij tegen het kleine mannetje: 'Ezechiël, een high tea voor drie personen en niet van de petit fourtjes snoepen. Ik heb ze geteld!'

Het oude blinde mannetje keek even verontwaardigd in de richting van zijn meester en toen vals naar Katja en Tom en hobbelde binnensmonds mopperend de deur uit.

Hoofdstuk 7 *De hoedenmaker*

Tom en Katja keken de man aan en wisten niet goed wat ze moesten zeggen. De man had een vriendelijk gezicht, maar door de rook van zijn pijp zagen ze staalblauwe ogen, die hen nauwlettend opnamen.

'Ik ben Katja en hij is Tom en we hebben een hoed gevonden en in die hoed stond uw adres en we wilden graag weten van wie die hoed is zodat we de hoed kunnen teruggeven aan de eigenaar en dan is die zeker blij dat hij de hoed weer terug heeft en dan hebben wij een goede daad gedaan omdat we de hoed weer bij zijn baas hebben gebracht', ratelde Katja zenuwachtig.

De ogen van de man lichtten op en keken van Katja naar Tom.

'En waar is die hoed dan nu?', vroeg hij vriendelijk.

'Die hebben we thuis gelaten, want we wilden niet zomaar door de stad lopen met zo'n mooie hoed', zei Tom weloverwogen. Hij had het antwoord al bedacht toen ze door de gang holden.

'En omdat uw adres in de hoed stond, dachten we dat het slimmer was om eerst te informeren of u ons misschien kon helpen.'

'Ik denk dat je dat goed gedacht hebt. Maar laat ik me eerst even voorstellen. Mijn naam is Van Schuijlenburg van Van

Schuijlenburg, Homburg en Gorissen, hoedenmakers en hofleveranciers.' De man glimlachte even trots en vervolgde: 'Niet dat Homburg en Gorissen nog leven, maar het klinkt nog steeds goed als ik ons allemaal opnoem. Ik ben de enig overgeblevene van ons drieën en ook het maken van hoeden doe ik nog maar heel zelden. We verkopen nog wel, maar alleen nog op afspraak en dan enkel nog aan onze trouwe, maar steeds kleiner wordende klantenkring. Dit gezegd hebbende, jongedame en jongeheer, denk ik dat ik jullie wel zeker kan helpen met het vinden van de eigenaar van de hoed die jullie hebben gevonden. Maar ga toch zitten, de stoelen staan ervoor.'

Tom en Katja gingen zitten. Wat een vreemde man.
'Je zegt dat je de hoed hebt gevonden. Waar was dat?'
Katja wist niet zo gauw wat ze moest zeggen.
'Hij lag op de hoek van de Cornelis Drebbelstraat en de Simon Stevinweg', zei Tom snel. Ook dit antwoord had hij vooraf bedacht. 'We hebben hem niet zelf gevonden, onze hond had hem het eerst gezien.' De hond had hij erbij bedacht omdat dit het verhaal wat aannemelijker zou maken.
'Dat is niet zo ver van hier. Wel een vreemde plek om een hoed te verliezen', zei de man peinzend. 'Of waait het soms buiten? Ik moet je vertellen dat ik al in geen eeuwen meer buiten ben geweest, dus ik heb geen idee wat voor weer het is.'
Katja vond dat de man er inderdaad uitzag of hij al eeuwen oud was, maar Toms scherpe ogen hadden ondertussen de ingeklapte rolstoel tussen de Sfinx en het bureau opgemerkt.
'Dat verklaart ook de uitstekende conditie van het kleine

nare mannetje!', dacht hij bij zichzelf. 'Hij moet de oude man natuurlijk met die rolstoel duwen.'

'Vertel eens hoe de hoed eruit ziet', zei de man nu wat vriendelijker. 'Wat voor kleur heeft hij, heeft hij een brede rand of een smalle. Is hij ingedeukt aan de voorkant en zit er een band om de hoed?'

Tom beschreef de hoed zo goed mogelijk en Katja vulde aan dat er in de hoed 'mt 54' stond.

'Een groenbruine Borsalino maat vierenvijftig dus', zei de man en je kon bijna zien dat hij in zijn hoofd alle mogelijke klanten doornam. 'Dat kunnen alleen de Van Eeghens zijn, Jonkheer Wilfred en Berthold van Eeghen. Goede klanten, kopen alleen Borsalino's, geen interesse in andere hoeden, hebben allebei dezelfde kleine maat. Maar ja, dat is misschien wel logisch met tweelingen. Tja, de Jonkheren Van Eeghen is de meest logische gedachte, van een van hen moet de hoed die jullie gevonden hebben, afkomstig zijn. Van de Adellijke Tweeling…'

Katja schoot in de lach. Dat klonk net als de 'Olijke Tweeling', de kinderboekenserie die ze vroeger veel had gelezen. De oude man keek haar verwonderd aan. Hij begreep niet waarom ze lachte. Maar voordat hij iets kon zeggen, werd er op de deur geklopt en kwam de kleine oude man weer binnen. Hij duwde een soort tafeltje voor zich uit dat leek op een dienblad op wieltjes. Op het blad stonden theekopjes en een theemuts en er lagen kleine gebakjes op een bord.

'Ah, Ezechiël, keurig op tijd, ik begon al een beetje trek te krijgen. Presenteer jij de petit fourtjes, dan schenk ik voor onze jonge gasten in.'

Het gebogen oude mannetje lachte weer vals toen hij de gebakjes presenteerde aan de stoel naast Katja.

Hij heeft er vast iets mee gedaan, dacht Katja ineens toen ze hem zo zag lachen. Misschien erop gespuugd of nog erger. 'Nee, dank u,' hoorde ze zichzelf zeggen, 'ik zit op voetbal en heb een heel streng sportdieet.'

Tom moest eerst even lachen toen hij zag dat het mannetje de gebakjes aan de stoel probeerde te geven. Maar omdat hij aan de andere kant van Katja zat, had hij het gemene lachje van de man niet gezien. Hij keek Katja dan ook heel verbaasd aan en wilde net iets zeggen over haar normale gedrag wanneer er gebakjes op tafel komen, toen hij haar blik zag. Ze rolde met haar ogen van het oude mannetje naar de gebakjes en schudde voorzichtig haar hoofd.

De oude hoedenmaker had het gelukkig niet gezien doordat hij de thee aan het inschenken was, maar toen hij Tom ook hoorde zeggen dat hij geen gebakje wilde, keek hij verwonderd op.

'Een jongedame én een jongeheer die een gebakje afslaan? Dat is zeer uitzonderlijk. Jullie denken toch niet dat ik jullie wil vergiftigen?', zei hij vriendelijk en je kon merken dat hij zeer oprecht was.

Tom en Katja lachten allebei een beetje schaapachtig en schudden hun hoofden. Tom wilde nog snel even een slim excuus verzinnen, maar de oude hoedenmaker begon gelukkig over de Adellijke Tweeling te praten.

'Wilfred en Berthold van Eeghen zijn al jaren klant van mij. Goede klanten, klagen nooit, maar hebben een zeer uitgesproken voorkeur voor het hoedenmerk Borsalino en kopen ook niets anders. Hoewel het een tweeling is, zijn ze heel verschillend van karakter. Gelukkig vertoeft Berthold meestal in het buitenland en is Wilfred degeen die hier meestal de inkopen doet. Hij kent de smaak van zijn broer en aangezien ze dezelfde maat hebben...' De oude man scheen in gedachten verzonken en hield de theepot boven zijn eigen kopje.

Katja en Tom keken elkaar aan en toen naar hun eigen kopjes. Tom schudde lichtjes zijn hoofd en keek naar het kopje van de hoedenmaker.

Wachten, gebaarde hij.

Hoofdstuk 8 *De Adellijke Tweeling*

De oude man had zijn gedachten weer verzameld en schonk zijn eigen kopje in. Hij deed er vervolgens drie klontjes suiker en een grote scheut melk in. Terwijl hij luidruchtig in zijn kopje roerde, vervolgde hij zijn verhaal.

'Mijn excuses voor het feit dat ik even afwezig was. Ik heb de laatste tijd een beetje last van duizelingen. Het is net alsof ik eventjes wegzak. Het kan zomaar gebeuren dat ik rustig voor de haard mijn krantje zit te lezen en opeens word ik wakker van de klok die drie uur later slaat. Drie uur notabene! Ik heb de klokkenmaker zelfs al twee keer laten komen omdat ik dacht dat de klok stuk was.

Maar, waar was ik ook alweer? Oh ja, bij de Jonkheren Van Eeghen.

De Jonkheren Van Eeghen hebben ooit gewoond aan de rand van het landgoed 'Biljoen' dat gelegen is bij Velp. Wilfred is een bijzonder aardige jongeman, maar zijn broer is wat minder gemakkelijk in de omgang. Zoals ik al zei, verblijft Berthold meestal in Frankrijk in zijn huis aldaar, zodat we die niet zo vaak zien. Niet dat we Wilfred nou zo vaak zien, want zo geregeld kopen mensen geen nieuwe hoed. Ze bezitten een huis hier in Arnhem, volgens mij hier vlak in de buurt. Op de Beethovenstraat, meen ik. En ik meen dat Wilfred daar meestal alleen woont.'

'Heeft u mij nog nodig meester?', sprak Ezechiël dwars door het verhaal van de oude hoedenmaker heen.

'Neen, Ezechiël, je kunt gaan. Waar was ik ook alweer. Oh ja, Wilfred zien we niet zo vaak, alhoewel hij een kleine week geleden nog hier is geweest. Dat was een vreemd bezoek.'

De oude man nam een slok van zijn thee, terwijl Ezechiël de deur iets te hard achter zich dichttrok en mopperend wegliep door de gang. Tom en Katja wachtten nog even en toen bleek dat de hoedenmaker niet ter plekke stierf maar gewoon springlevend bleef, namen ze zelf ook een slokje.

'Een vreemd bezoek?', vroeg Katja poeslief. Ze schaamde zich wel een beetje dat ze had gewacht met theedrinken, maar die Ezechiël was dan ook wel een vreemd mannetje. Ze had gezien dat hij zo krom liep omdat hij een bochel had. Eerst had ze daarom even medelijden met hem gehad, maar omdat hij zo griezelig naar hen bleef kijken en zo vals naar hen lachte, was ze hem steeds onbetrouwbaarder gaan vinden.

'Ja, een vreemd bezoek. Hij kwam helemaal niet voor een hoed. Hij leek erg van slag en wilde iets weten over een van mijn voorvaderen. Je ziet hem daar op dat schilderij. Dat is Ridder Beaudouin de Schuylenbourgh en daar ging Wilfreds belangstelling naar uit.'

De ridder op het schilderij had evenals de andere geschilderde voorvaderen krullend haar en priemende blauwe ogen. Je kon zó zien dat het familie was van de oude hoedenmaker. Hij was in harnas en naast hem stond zijn schild met daarop een afbeelding die op een familiewapen leek.

Tom herkende de figuur direct en kon zijn schrik maar net bedwingen. Katja zag het nu ook. Op het schild was een negenpuntige ster te zien…

Hoofdstuk 9 *Ridder Van Schuijlenburg*

Toen ze weer buiten stonden begon Katja direct te praten. 'Dat was een vreemd bezoek. Ik vond die Ezechiël een echte griezel. Ik durfde werkelijk mijn thee niet te drinken. Wat een aardige oude man, ik schaamde me wel een beetje. Wat een bijzonder verhaal', gooide ze eruit.

De oude hoedenmaker had een wonderlijk verhaal verteld over zijn verre voorouder Ridder De Schuylenbourgh. Hij was een van de vele ridders geweest die hadden gevochten tijdens de eerste Kruisvaart. Onder leiding van Godfried van Bouillon werd in juli 1099 Jeruzalem 'bevrijd' en daarbij werden er in drie dagen tijd 70.000 mannen, vrouwen en kinderen over de kling gejaagd.

'Mijn voorvader, ik noem hem voor het gemak maar even Van Schuijlenburg in plaats van De Schuylenbourgh, dat spreekt wat gemakkelijker uit. Mijn voorvader heeft zich altijd diep geschaamd over zijn daden in Jeruzalem', had de oude man vervolgd. 'Hij vond niet dat men mocht moorden uit naam van een geloof. En toen hij weer in Europa terugkeerde, werd het berouw nog erger.

Met een aantal andere ridders is hij dan ook later teruggekeerd naar Jeruzalem om vooral hun eigen daden goed te maken. Hun oorspronkelijke doel was om de pelgrims in het Heilige Land te beschermen, maar ze hebben daar eigenlijk hun diensten aangeboden aan iedereen die hulp nodig had, of het nou armen of rijken waren, christenen of moslims. Belangrijk om te weten is dat ze tijdens hun verblijf mochten wonen in een vleugel van het paleis van de koning. En dat die vleugel gebouwd was op de plaats waar, naar men zegt, de oorspronkelijke Tempel van Koning Salomon had gestaan.

Dit is belangrijk want het is niet alleen zo dat een aantal van die ridders de oprichters zijn van de Tempeliers, maar ook staat vast dat deze Ridders van de Tempelorde opgravingen hebben gedaan in de gewelven van die oude tempel. Er gaan nog steeds geruchten dat ze daar allerlei schatten hebben gevonden, zoals de Heilige Graal en de Ark van het Verbond.'

Katja en Tom hadden geboeid geluisterd. Alhoewel Katja het verhaal van de Tempeliers al eens gehoord had van haar vader en Tom het min of meer kende uit zijn geschiedenisboek, beschreef de oude man de gebeurtenissen alsof hij er zelf bij was geweest.

'Toen ze weer naar Europa terugkeerden, is de Orde van de Tempeliers oorspronkelijk gesticht door negen ridders. Mijn overgrootvader was daar niet meer bij. Hij heeft zich teruggetrokken op zijn kasteel in Frankrijk en heeft daar zijn eigen orde opgericht, die wel verwant bleef aan die van de Tempeliers, maar toch een ander doel had. Dit was de Orde van Ridders van de Negenster die, zoals ik begrepen heb, gebaseerd was op het geloof en de zienswijzen van de Soefi's, een geheimzinnige oude orde van monniken waarmee hij kennis had gemaakt tijdens zijn verblijf in Jeruzalem. Van de Soefi's is weinig bekend, behalve dan dat ze een mystieke orde waren die al hun kennis mondeling overdroegen. Dit gold eigenlijk ook voor de Orde van de Negenster. Het was een besloten orde waarvan de geheimen nooit bekend zijn geworden.

De Orde van de Tempeliers heeft echter 200 jaar lang bestaan en ze werden heel rijk en beroemd in Europa, totdat de aanhangers van de Tempelorde op 13 oktober 1307 op bevel van de toenmalige koning, Filips de Schone, bijna allemaal zijn opgepakt en gedood.

Koning Filips was destijds min of meer bankroet door alle oorlogen die hij gevoerd had en hij was jaloers op al het geld en de rijkdom van de Tempelorde. Zijn plan was om alle Tempeliers in één keer op te pakken en hun schatten af te nemen. Dertien oktober was overigens op een vrijdag en om die reden wordt vrijdag de dertiende nu nog steeds een ongeluksdag genoemd.

Filips' plan is maar voor een deel gelukt. Hij heeft bijna alle Tempeliers op kunnen pakken, maar helaas voor hem had een aantal ridders gehoord van zijn plannen en die zijn met een vloot van schepen gevlucht. En, naar men zegt, met meenemen van bijna al hun schatten. Zelfs nu nog weet niemand waar ze gebleven zijn. Het gerucht gaat dat ze naar Schotland of Canada zijn gevlucht. Anderen zeggen dat ze met hulp van vrienden eerst hun schatten in Frankrijk hebben verborgen en die dan jaren later weer hebben opgehaald. Ik weet in ieder geval dat de band tussen mijn familie en de Tempeliers zodanig was, dat mijn voorouders ze zeker geholpen zouden hebben.'

De oude man had peinzend voor zich uitgestaard naar het flakkerende haardvuur. Tom en Katja hadden geduldig gewacht tot hij weer zou spreken. Na een paar minuten echter, hadden ze in de gaten gekregen dat de oude man was ingedommeld. Ze waren stilletjes opgestaan en hadden de kamer verlaten. In de gang had Katja nog eens goed naar de schilderijen willen kijken, maar Tom was snel doorgelopen en Katja was hem naar buiten gevolgd.

Het kleine gebochelde mannetje hadden ze niet meer gezien.

Hoofdstuk 10 *Buiten*

'Dat was inderdaad een boeiend verhaal', zei Tom. 'Wat we nu alleen niet weten is, waarom die Wilfred van Eeghen zo geïnteresseerd was in Ridder Van Schuijlenburg.'
Katja beet weer op haar lip en zei: 'Ik denk dat het te maken heeft met het briefje dat we gevonden hebben in de hoed. Het Enneagram is een negenpuntige ster en dat is weer het symbool van de orde die Ridder Van Schuijlenburg heeft gesticht. Omdat die Van Eeghen hier wel eerder op bezoek is geweest, moet hij dat schilderij al eens hebben gezien. Misschien wilde hij meer weten over die oude kruisridder omdat hij denkt dat hij wellicht ooit een schat verborgen heeft? Hoe was het ook alweer in het briefje?'
'Het Enneagram wijst waar puntje puntje is gelegen?'
'Het Enneagram wijst waar *de schat* is gelegen? Vind je dat ook niet logisch klinken? En de oude hoedenmaker leek er behoorlijk van overtuigd dat zijn familie destijds de gevluchte Tempeliers zou hebben geholpen. Misschien is er nog steeds ergens een schat van de Tempeliers verborgen!'

'Rustig nou', zei Tom. 'Je draaft nu wel een beetje door. We weten niet eens zeker of er sprake is van een schat. Het Enneagram wijst waar puntje puntje is gelegen kan van alles betekenen.

Wij weten helemaal niet en ook de oude man wist dat niet, of zijn familie destijds de Tempeliers heeft geholpen. We zijn allemaal een beetje aan het raden. En al zouden ze zijn geholpen, was dat dan met vluchten of met het verbergen van mensen en hun bezittingen?

Ik hou niet zo van dat invullen van dingen waar we niets van kunnen weten. Ik houd me liever bezig met de dingen die we wel weten en dat is dat de hoed die we gevonden hebben van Wilfred van Eeghen of zijn broer is.'

'Ja, en dat een van hen ontvoerd is!', vulde Katja enthousiast aan.

'Dat weten we niet helemaal zeker,' zei Tom, 'maar dat zou best wel eens kunnen kloppen. En als we dan toch zo aan het denken zijn, kunnen we er min of meer van uit gaan dat als een van de tweeling ontvoerd is, dat het waarschijnlijk Wilfred van Eeghen is en niet zijn broer, want die zit meestal in het buitenland. En bovendien is Wilfred kortgeleden nog op bezoek geweest bij de oude hoedenmaker.'

'Ja, en toen was hij van slag en wilde van alles weten over de Kruisridder!', haakte Katja in. 'En het heeft allemaal te maken met het Enneagram en het briefje!'

'Ook dat weten we niet zeker, maar ik denk dat je wel eens gelijk zou kunnen hebben', zei Tom voorzichtig. 'Als we meer zekerheid willen hebben, moeten we het huis van de Adellijke Tweeling een bezoekje gaan brengen. Dat is niet ver en misschien is er wel iemand thuis die ons wat meer kan vertellen over Wilfred en zijn broer.'

In minder dan tien minuten lopen waren ze er al. Katja was eerst even snel naar huis gerend om te zeggen dat ze bij Tom zou eten en had meteen gevraagd of ze daar ook mocht blijven slapen. Haar ouders vonden dat natuurlijk goed. Ze bleef wel vaker bij Tom logeren en nu het vakantie was, was het helemaal geen probleem.

Aan de hemel begonnen zich donkere wolken te vormen en ze liepen wat sneller voor het geval dat het zou gaan regenen. De Beethovenstraat was geen lange straat, wat maar goed was, want de oude hoedenmaker had hun geen nummer gegeven van het huis van de Van Eeghens. Ze liepen langzaam langs de huizen in de hoop dat ze iets zouden zien wat er op zou wijzen dat het het huis van de tweeling was.

'Ik denk dat we een beetje in de gaten lopen als we zo naar de huizen staan te staren', fluisterde Katja. 'Kijk, daar gaan de gordijnen al heen en weer.'

'Dat heb je altijd in zo'n buurt als deze', fluisterde Tom terug. 'Er zijn altijd mensen die de hele dag niets anders doen dan op hun buren letten en te mopperen over de kinderen die op het plantsoen voetballen. En dan komen ze bij je ouders aanbellen en klagen als de bal per ongeluk tegen hun auto aankomt.'

'Ja, bij ons in de straat woont ook zo'n man. Hij heeft een keer mijn bal ingepikt toen ik die over de schutting heen schopte en wilde hem niet terug geven', zei Katja. 'Hij had ons al genoeg gewaarschuwd, zei hij. En toen ik hem een week later terug vond in onze tuin, was hij lek geprikt. Je weet wel, dat is die oude buurman Van Meegeren, die man die altijd zo boos kijkt en in zichzelf praat als hij naar de supermarkt loopt.'

'Dat is inderdaad wel een enge man. Maar ik heb van mijn moeder gehoord dat zijn oom na de oorlog een tijd in de gevangenis heeft gezeten. Die buurman was toen zelf nog een klein jongetje. Alle kinderen op school pestten hem omdat zijn oom een verrader zou zijn en niemand wilde toen geloven dat hij juist onschuldig was aan samenwerking met de Duitsers. Ik kan me voorstellen dat je daar geen vrolijk tiepje van wordt, vooral omdat men in die tijd ook vaak van de naaste familie dachten dat ze verraders waren.'

Terwijl ze zo liepen te praten, waren ze bijna aan het eind van de Beethovenstraat aangekomen. De straat liep in een flauwe bocht en ze hadden tot nu toe nog geen huis gezien met een naambordje met Van Eeghen erop. Ze waren net aan het overleggen of ze al naar de overkant moesten lopen om daar de huizen te gaan bekijken, toen Toms scherpe ogen een houten bordje zagen dat verscholen was onder de bladeren van een oude boom.
'Eeghenstein, na 27 m rechts', las hij.
'Wat zeg je nou?!', zei Katja een beetje verschrikt, want zij was in gedachten nog bij de oom van buurman Van Meegeren en was zich net aan het voorstellen hoe het zou zijn om in de gevangenis te zitten met water en brood en ratten, terwijl je onschuldig bent. Dat was toch wel ontzettend oneerlijk!
'Op dat kleine bordje aan de rand van dat pad, daar staat 'Eeghenstein, na zevenentwintig meter rechts', fluisterde Tom weer.
Katja zag het nu ook. Het bordje stond een beetje verscholen onder de bladeren aan de rand van een smal weggetje. Het was zo'n pad dat langs de achtertuinen van de huizen liep. Bij Katja's huis was ook zo'n pad. Zij ging daar altijd doorheen als ze op de fiets wegging. Ze vond het altijd een beetje een eng weggetje omdat het er heel donker was als ze 's avonds wat later thuiskwam. En als het had geregend was

het helemaal vervelend, want dan zwiepten die natte takken tegen je aan als je er doorheen fietste.

Dit was ook zo'n donker pad. De takken van de bomen hingen er overheen, zodat je niet goed kon zien waar de weg ophield. Het leek alsof het in geen jaren gebruikt was.

Hoofdstuk 11
Eeghenstein, na zevenentwintig meter rechts

Tom boog de eerste takken opzij en keek er doorheen.
'Het is geen lang pad', fluisterde hij. 'Zo te zien loopt het dood. We hebben bijna een kapmes nodig om hier doorheen te komen.'
Katje vond dat grappig en bedacht dat Tom misschien wel een kapmes in zijn speciale la zou hebben. Ze stelde zich voor dat zij en Tom met een tropenhelm op en met kapmessen gewapend, zich een weg baanden door de jungle in Afrika.
Pats! Daar zwiepte een tak tegen haar gezicht en ze was weer in Holland.

Ze slopen het pad in. Dat was inderdaad niet zo gemakkelijk; overal hingen lange takken over de schuttingen en hoog gras overwoekerde het hele pad. Door die vele takken en hoge schuttingen was het best donker en je kon het einde van het weggetje nauwelijks zien. Katja was blij dat het pad bij haar thuis beter werd onderhouden. Stel je voor dat je hier doorheen moest in het donker en door de regen.
Hun schoenen maakten soppende geluiden in de modder van het pad. Tom werd even helemaal niet blij. Die modder betekende dat hij zijn schoenen vandaag nog een keer moest poetsen.

Plotseling stond hij stil.

'Wat is er?', fluisterde Katja.

'Ik hoorde een geluid. Het leek van het eind van het pad te komen.'

Katja hoorde het eerst niet, want er was een buurman hout aan het zagen in één van de aanliggende tuinen. Ze hield haar hoofd scheef. Dat deed ze altijd als ze iets goed wilde horen. De buurman hield even op met zagen en nu hoorde zij het ook. Het was een geluid van iets dat klapperde.

Ze sopten verder totdat ze aan het einde van het pad kwamen. Het klapperen was luider geworden en ze zagen nu waar het vandaan kwam. Aan het eind van een lange donkere schutting was een stevige houten deur. Die deur stond een beetje open en klapperde tegen het kozijn in de schutting.

Katja huiverde. Ze had het gevoel alsof die deur net was opengemaakt. En dat terwijl het pad er uitzag alsof het in geen halfjaar gebruikt was.

Ze duwden de deur open en keken een tuin in.

Tuin was een verkeerd woord voor datgene wat ze zagen, het leek wel een jungle. Even was Katja in gedachten weer in Afrika en zag ze Tom met zijn kapmes in zijn hand. Het gras in de tuin was minstens dertig centimeter hoog en zag eruit alsof het in geen maanden was gemaaid. De struiken die er stonden leken wel in elkaar over te groeien en de takken van de bomen waren in elkaar verstrengeld alsof het lianen waren.

'Wat een slordige tuin', dacht Tom hardop. Bij hem thuis was hij degene die de tuin onderhield. Hij vond het heerlijk om het gras keurig in banen te maaien en figuren in de struiken te knippen. Katja zat hem daar wel eens mee te pesten. 'Je bent een kruising tussen een computernerd en een tuinkabouter', merkte ze dan fijntjes op. 'Jij kunt met groene vingers computercommando's geven.'

Maar eigenlijk was ze wel een beetje trots op hem, want hij kon van een houtig, bijna dood plantje weer een prachtig bloeiende struik maken. Maar ook vond ze het een prettig en gezond idee dat hij zich kon losrukken van zijn computer om af en toe in de tuin te gaan werken.

'Kijk Tom, het gras ziet eruit alsof het in geen maanden is gemaaid, maar het is wel platgetrapt van hier tot de keuken-deur', fluisterde ze. Tom had het natuurlijk ook gezien.

'Hier heeft niet zo lang geleden iemand gelopen', fluisterde hij terug. 'Het lijkt wel of de tuindeur net is opengemaakt, alsof er iemand verwacht wordt.'

Katja huiverde nog eens, het werd nu wel een beetje eng.

Tom nam de tuin nog eens goed op met zijn scherpe ogen. Hij kon niets verdachts bespeuren.

'Kom, we gaan naar het huis', zei hij vastbesloten.

Ze liepen een beetje gebukt naar het huis, net alsof ze bang waren elk moment ontdekt te worden. Ze volgden het spoor in het platgetrapte gras tot aan een deur. Het was de deur van de bijkeuken, een soort schuurtje dat meestal direct aan een huis gebouwd is als verlengstuk van de keuken. De hui-zen van Tom en Katja leken een beetje op dit huis en ook zij hadden zo'n bijkeuken. Bij Tom stond onder andere zijn fiets erin, bij Katja werd hij gebruikt voor de wasmachine. Toch kreeg Tom het idee dat deze aanbouw op de een of andere manier anders was dan hun eigen bijkeuken. Tom voelde aan de klink van de deur.

'Hij is niet op slot!', fluisterde hij iets te hard.

Katja schrok. Niet alleen van Toms stemgeluid, maar ook van het feit dat de deur open was. Het werd haar allemaal net iets te toevallig.

'Dit is allemaal net iets te toevallig', fluisterde Tom, maar nu iets zachter.

Katja keek hem een beetje vreemd aan. Kon hij nu ook al haar gedachten lezen?

'De tuindeur, het platgetrapte gras, de bijkeukendeur die niet op slot is... Het lijkt wel alsof we worden verwacht.'

Katja knikte en keek behoedzaam om zich heen. Het was een achtertuin zoals die bij haar thuis; een bijkeuken aan een klein terrasje van tegels waar je in de zomer buiten kon zitten en waar ook de openslaande terrasdeuren van de achterkamer op uitkwamen. De terrasdeuren waren gesloten en er hingen gordijnen voor. De gordijnen waren dichtgetrokken, maar leken iets heen en weer te gaan alsof het binnen tochtte.

Ze haalde haar schouders op en keek Tom aan met een vragende blik.

Tom knikte en draaide aan de klink van de deur. De deur ging met een piepend geluid open en even leek het of Katja's hart ophield met kloppen.

Behoedzaam slopen ze naar binnen.

Hoofdstuk 12
Het huis van de Adellijke Tweeling

De bijkeuken zag er van binnen bijna net zo uit als in hun eigen huizen. Met dat verschil dat op de plaats waar bij Tom zijn fiets stond en bij Katja de wasdroogcombinatie, hier een grote oude kast stond. Naast die kast stonden aan beide kanten kratten met lege wijnflessen en vlak bij de deur naar de keuken stond een oude tafel met een geblokt tafelkleed en een oude houten stoel.

Tom keek om zich heen. Hij kon er zijn vinger niet precies op leggen, maar de bijkeuken leek anders dan die bij hen thuis; hij leek hier binnen wel kleiner of smaller? In gedachten verzonken liep hij naar de keukendeur.

'Er is iets met deze bijkeuken', mompelde hij hardop in zichzelf en botste bijna tegen de keukendeur aan. 'En moet je kijken, dit is geen gewone keukendeur, het lijkt wel een oude kasteeldeur. Maar dan zonder deurklink en in plaats daarvan een hypermodern cijferslot!'

Het was inderdaad geen gewone keukendeur. Hij bestond helemaal uit massieve houten balken en op de plaats waar de ramen zouden moeten zitten, waren dikke houten schotten aangebracht. Tussen de houten schotten bevond zich een kleine opening waarvoor een klein metalen hekje zat. Een deurspion, wist Katja meteen. Dat was zo'n opening waardoor de wachters in de oude middeleeuwen konden kijken of er goed of slecht volk voor de poort stond. Het metalen hekje moest hen dan beschermen tegen eventuele pijlen of speren van de indringers. De opening kon aan de kant van de wachters gesloten worden door middel van een metalen luikje. Katja zag dat het open stond, maar het was zo donker in de keukenruimte achter het luikje, dat ze vanaf haar plaats niet naar binnen kon kijken. Als ze het goed wilde zien, moest ze op de stoel gaan staan. Ze liep naar de stoel bij de tafel.

Tom had een paar keer op de toetsen op het cijferslot gedrukt, maar wist bij voorbaat al dat hij onmogelijk de juiste combinatie zou vinden.
'Tien tot de tiende macht aan mogelijkheden, zonder mijn computer heb ik geen enkele kans', mompelde hij geërgerd.
Hij schudde zijn hoofd en liep in de richting van de oude kast. Die was meer dan manshoog en voorzien van prachtig houtsnijwerk.
Toms vader verzamelde antiek, en hoewel Tom de interesse van zijn vader niet deelde, kon hij wel zien dat dit een bijzondere oude kast was. Er waren vreemde figuren in het hout gesneden en de kast leek wel honderden jaren oud.
Het hout was op sommige plaatsen gebarsten en de grote kastdeursleutel zag eruit alsof die wel een miljoen keer was omgedraaid.
Plots viel zijn oog op een kleine figuur naast het sleutelgat in de kast.
'Een Enneagram!', fluisterde hij net iets te hard. Hij schrok van zijn eigen stemgeluid.

Terwijl Katja naar de stoel toe liep, hield ze het luikje nauwlettend in de gaten. Ze had de indruk dat – hoewel het een erg donker gat was – er achter het luikje iets bewoog. Ze wilde net de stoel oppakken om die bij de keukendeur te zetten, toen ze Toms stem hoorde. Terwijl ze zich omdraaide, zag ze snel iets verschijnen om meteen weer te verdwijnen achter de deurspion.

Wat was dat? Vreemd genoeg was ze helemaal niet bang.

'Tom, ik geloof dat we in de gaten worden gehouden', zei ze met normale stem. Ze draaide zich om naar de kast en schrok toen hevig.

Tom was nergens te zien.

Nadat hij de ingesneden figuur van het Enneagram had opgemerkt, had Tom de sleutel van de kast omgedraaid en de deur geopend. De kast was helemaal leeg, de achterwand was van massief hout en er zaten zelfs geen dwarsplanken voor. Het leek wel een inloopkast, zo groot was de ruimte binnenin. Tom boog zich vooover om tegen de achterwand te kloppen. Hij had een vermoeden en hij wilde zeker weten of hij op het juiste spoor zat.

De kast was te diep, zelfs voor zijn lange armen, dus stapte Tom naar binnen en klopte tegen de wand. Hoewel het hout bijzonder dik was, hoorde hij wat hij verwachtte. Achter de kast was een holle ruimte!

Op het moment dat ze de bijkeuken binnenkwamen, had Tom al het idee gehad dat er iets niet klopte. Zijn wiskundeknobbel en gevoel voor verhoudingen deden hem vermoeden dat deze bijkeuken smaller was dan de bijkeuken bij hem thuis. Omdat alles er verder net zo uitzag als normaal, had hij er niet echt veel aandacht aan geschonken. Maar toen hij van de keukendeur naar de kast terug liep, had hij gezien dat de kast niet los stond, maar dat hij was ingebouwd in de muur.

Tom klopte een aantal malen op verschillende plaatsen op de achterwand. Hij wist het nu zeker, er moest een holle ruimte zijn achter de kast. Zou de achterwand soms een soort deur zijn? Hij voelde of hij scharnieren kon ontdekken. Niets. Hij voelde in het midden van de achterwand of er een openingsmechanisme was. Niets – of wacht eens, het voelde wel vreemd aan, net alsof er knoesten in het hout zaten.

Tom stapte achterwaarts de kast weer uit om meer licht te hebben en hoorde opeens een kreet.

Hoofdstuk 13 *In de kast*

'Man, wat heb jij me laten schrikken', sprak Katja met verstikte stem. 'Ik dacht dat je te pakken was genomen of minstens was opgeslokt door een of ander monster.'
Tom glimlachte en wees naar de kast.
'Daar is het monster dat mij heeft opgeslokt. Het is een inloopkast en ik denk dat het aan de andere kant van de muur
een uitloopkast is.'
Katja keek hem niet-begrijpend aan. Humor was niet een
van Toms sterkste punten, maar dit kwam er toch wel dichtbij.
'Ik schrik me rot en jij gaat me domme raadsels vertellen?'
'Nee, ik meen het. Volgens mij verbergt de kast een deur
naar een andere ruimte hier naast de bijkeuken. Ik stapte
weer uit de kast om te kijken of ik een openingsmechanisme
kon ontdekken in de achterwand. Er zit een oneffenheid in
het midden en ik wilde weten hoe dat eruit zag met wat
meer licht.'
Katja keek in de kast. 'Ik zie niks.'
'Toch wel,' zei Tom, 'ik voelde het toen ik in de kast
stond.'
'Kijk dan, er zit echt niets', hield Katja stug vol.
Ze wees naar het midden van de achterwand waar inderdaad niets was te zien.

Tom stapte weer de kast in en wreef met zijn hand over het hout.

'Voel dan, er zit hier echt wel iets. Het lijkt wel een reliëf.'

Katja stapte naar binnen en aaide een beetje met haar hand over de wand.

'Je hebt gelijk, maar waarom zien we dan niets?'

Ze stapten weer de kast uit en Tom deed zijn best om datgene wat ze voelden, ook te kunnen zien. Zelfs met zijn scherpe ogen kon hij geen oneffenheid of reliëf ontdekken. Katja had ondertussen ook de Enneagram-inscriptie ontdekt in de deur en zoals haar gewoonte was, keek ze vooral met haar handjes.

'Mooi gemaakt zeg, die ster. Je voelt gewoon de verschillende punten.'

Op het moment dat ze dat zei, liet de houtsnede los en had ze hem ineens in haar handen.

'Sufferd,' zei Tom, 'je hebt het stuk gemaakt!'

Katja kreeg een kleur van schaamte en probeerde zo goed en zo kwaad als het ging de negenster weer op zijn plaats te duwen.

'Wacht eens', zei Tom. 'Dat symbool bedekte een gat, kijk!'

Katja zag het nu ook. Het was niet zo vreemd dat ze het Enneagram gemakkelijk kon losmaken, want dat hoorde ook zo. Het fungeerde eigenlijk als een soort dekseltje voor een gat in de kastdeur.

'Wat is dat voor gat?', vroeg Katja.

Tom keek haar een beetje bevreemd aan. Alsof hij ineens de expert was op het gebied van vreemde gaten in een deur.

'Misschien is het ook weer een deurspion, net zo als in de keukendeur', opperde hij.

Voordat Tom zijn zin had uitgesproken, stond Katja al in de kast en had beide deuren achter zich dichtgetrokken. Dat ging bijzonder gemakkelijk met zo'n gat.

Even later zag Tom een van haar grote groene ogen schitteren door de opening.

'Kzienikbizondrs', hoorde hij haar zeggen in de kast. 'Besdonkr hir. Sjemnou!'

'Wat is er?'

Katja gooide de kastdeuren open.

'Kom in de kast, moet je eens kijken!'

Tom stapte behoedzaam in de kast en bijna voordat hij helemaal binnen was, had Katja de deuren alweer dichtgemaakt. Het was aardedonker in de kast.

'Je moet even weggaan bij dat gat, je houdt het licht tegen', ineens fluisterde Katja weer.

Tom stapte opzij. Door het gat viel een lichtbundel naar binnen.

'Kijk nu eens naar de achterwand.'

Tom zag het direct. Op de plaats waar hij het reliëf had gevoeld, was nu een sculptuur te zien ter grootte van een hand.

'Een negenster', zei hij met ontzag in zijn stem.

Het was inderdaad weer een negenpuntige ster, maar nu veel groter en door het licht dat door het gat viel, was hij heel duidelijk te zien.

Tom voelde aan de ster. Een van de punten leek een beetje mee te geven.

'Zou het...', hij maakte zijn zin niet af, maar drukte op de punten in de richting van de klok. Er gebeurde niets. En toch had er zonet een punt meegegeven.

'Katja, weet jij nog welke getallen er bij welke punten hoorden toen we dat Enneagram op de computer bekeken?'
Katja aarzelde even.
'Ik weet nog wel dat het eigenlijk twee verschillende sterren door elkaar waren en dat de getallen opgeteld van beide sterren afzonderlijk weer negen werden. Ik weet het weer; de ene ster was bij elkaar achttien en de andere was bij elkaar zevenentwintig.'
'Klopt,' zei Tom, 'en de volgorde was zoals bij een klok, maar dan een met negen cijfers. De negen stond bovenaan en daarna begon het met één, twee, drie, enzovoorts.'
Tom voelde aan de punten en drukte op de tast op de negen, de drie en de zes.
'Negen, drie en zes waren de getallen van de eerste driehoek', mompelde hij.
Er gebeurde niets.
Hij drukte op de een. De punt van de een schoof langzaam naar achteren. Hij drukte op de twee. De punt van de een schoof langzaam weer terug.
'Dat is niet goed', mompelde hij weer. 'Weet jij nog de volgorde van de tweede driehoek? Je zei nog dat je het zo'n vreemde volgorde vond.'
Katja beet op haar lip. Dat was niet te zien in de kast, maar Tom kende haar lang genoeg om zich dat voor te stellen.
'Nee, niet zo direct. Ik kan goed nummers onthouden, maar de volgorde is niet altijd mijn sterkste kant.'
Tom glimlachte in het donker. Dat was inderdaad een rare eigenschap van Katja. Ze kon heel goed telefoonnummers onthouden, alleen niet altijd met de getallen in de juiste volgorde. En dan hield je erg veel mogelijkheden over als je het juiste nummer van je oma wilde draaien.

Tom deed zijn ogen stijf dicht. Niet dat dat echt veel effect had in de donkere kast, maar voor Tom was het een goede manier om zich te concentreren en te proberen zich het beeld van het Enneagram voor de geest te halen. Hij stelde zich zijn kamer voor en zijn bureau. Op het bureau stond nu ook zijn beeldscherm en op het beeldscherm stelde hij zich voor dat de negenpuntige ster te zien was.

'Was het niet 1, 4, 2, 8, 5, 7?'

Katja knikte en maakte een bevestigend geluid, maar eigenlijk wist ze het niet zeker.

Tom drukte op de tast op de een, telde vervolgens drie plaatsen verder en drukte op de vier. Beide punten schoven naar achteren. Het lukte!

Hij telde terug naar de twee en drukte vervolgens de twee, de acht, de vijf en de zeven in. Alle punten schoven geluidloos naar achteren. De kast begon ineens een beetje te schudden en voordat ze het in de gaten hadden, deelde de achterwand zich in vier panelen die achter elkaar schoven. In het midden ontstond er zo een opening die net breed genoeg was om een mens door te laten. Tegelijkertijd hoorden ze achter zich een geluid alsof er in de normale kastdeuren een grendel dichtschoof. Tom duwde tegen de deuren. Die zaten goed dicht en leken wel hermetisch op slot, want er drong haast geen geluid meer binnen. Zelfs de zagende buurman was niet meer te horen door het gaatje van de Enneagram-inscriptie. Ze waren aan die kant volledig van de buitenwereld afgesloten...

Hoofdstuk 14 *De geheime kamer*

Ondanks het kleine lichtgaatje was het pikkedonker in de kast en ook vanuit de ruimte achter de schuifdeuren kwam geen spatje licht.

'Het ruikt een beetje naar uien', zei Katja met een benepen stemmetje.

Tom moest even lachen. Typisch Katja om niet bang te zijn in het donker, maar wel te klagen over vieze geurtjes.

'Tom, heb jij nog dat pointertje bij je?'

Natuurlijk! Tom kon zich wel voor zijn hoofd slaan. Deden ze al die tijd moeilijk met het kleine beetje licht dat via het gat in de deur kwam, terwijl hij gewoon zijn laserpointer bij zich had.

De laserpointer was een kadootje van Toms vader geweest. Hij werkte bij de gemeente en moest daar nogal veel vergaderen en presenteren. Hij had voor die presentaties een keer een laserpointer gekregen om dingen aan te wijzen. Toen Tom die pointer zag, was hij op slag verliefd.

Een mini-laserbeam! Die moest hij hebben.

Nou was Tom geen zeurkous en gelukkig had zijn vader meteen in de gaten gehad dat hij de pointer een prachtig apparaatje vond. Maar het duurde toch nog twee volle dagen voordat Tom zich de gelukkige eigenaar van een echte mini-laserbeam kon noemen.

En wat je daar niet allemaal mee kon doen! Vanuit je slaapkamerraam op de televisie van de overburen vier huizen
verderop schijnen, net zo lang totdat de buren er stapelgek
van werden en kwamen aanbellen om hun beklag te doen.
Je kon ook je kamer donker maken en dan met de rook van
een wierookstokje de hele laserstraal volgen. Of CSI-Miami
spelen en net doen of je de baan van een denkbeeldige kogel
kon nagaan. Geweldig allemaal en het mooiste was dat de
laserpointer ook een ultraviolet lampje had waarmee je in
het donker spierwitte tanden kreeg, en doodskopje spelen
was dan ook heel leuk. Oh ja, en het was ook nog een
gewone zaklamp.
De zaklamp was eigenlijk waar Katja op doelde, want Tom
had de pointer natuurlijk altijd op zak.
Hij voelde in zijn zakken en tien seconden later flitste een
lichtbundel door de kamer achter de kast.

Kamer was een groot woord voor het vertrek waarin ze
voorzichtig naar binnen stapten. Het was meer een lange
gang, zo smal. Aan het ene eind van de gang stond een bed
en aan de andere kant was een klein, op maat gemaakt
bureautje, dat vol met papieren lag. Van het bureau tot aan
het bed waren planken tegen de muur bevestigd waarop
boeken stonden. Vijf rijen van minstens twee meter, vol met
boeken.
Katja wilde net de titels van de boeken bekijken, toen Tom
de andere kant op scheen met zijn zaklamp.
'Er moet hier vast ook een lichtknopje zitten,' fluisterde hij,
'zoek eens even mee.' Dat was makkelijker gezegd dan gedaan, want elke keer als Katja dacht iets te zien dat op een
lichtknopje leek, scheen Tom net weer ergens anders naar

toe. 'Houd die lamp toch eens even stil! Ik kan zo toch niets zien', fluisterde Katja een beetje geërgerd.

Waar ze ook keken, er was geen lichtknopje te ontdekken.

'Laten we eens logisch nadenken', zei Tom. 'Degene die deze ruimte gebruikt, moet zodra hij binnenkomt, het licht aan kunnen doen. Ook moet hij het licht uit kunnen doen als hij wil gaan slapen, alhoewel ik me niet kan voorstellen dat je in deze ruimte zou willen slapen. En ook bij het bureau zou licht moeten zijn, anders kun je daar niet werken.'

Terwijl Tom hardop zijn gedachten uitsprak, was Katja op de tast naar de ingang van de kast terug gelopen. Ze voelde met haar hand aan de zijkant van de kast en trok die snel weer terug.

'Jakkes, daar zitten allemaal spinnewebben!'

Ze voelde, een beetje voorzichtiger nu, aan de andere kant van de kast. Daar zat een koordje. Ze trok eraan en opeens werd de hele ruimte verlicht door een klein peertje aan het plafond.

'Bingo,' sprak ze triomfantelijk, 'jij denkt na en ik onderneem actie, precies waar we allebei het beste in zijn. En deze keer heb ik gewonnen…'

Tom keek een beetje zuur en mompelde wat als antwoord.

Katja luisterde niet, ze was veel te trots op zichzelf. Ze trippelde met haar neus in de lucht in de richting van het bureau, waar ze dacht nog meer bijzondere ontdekkingen te doen.

Pats! Daar lag ze op de grond doordat ze twee stapeltjes boeken niet had gezien.

'Hoogmoed komt voor den val', sprak Tom droogjes. Hij

had dat zijn vader wel eens horen zeggen en vond dat dit nu goed van pas kwam, alhoewel hij niet exact wist wat het betekende.

Katja krabbelde mopperend op en vervolgde haar weg naar het bureau.

'Wat een rare ruimte is dit, hier kun je toch niet wonen. Het lijkt wel een geheime kamer om je te verbergen', mopperde ze verder. 'En wat zoeken we eigenlijk Tom?', zei ze iets te hard.

Tom wilde net zijn vinger op zijn lippen leggen en haar gebaren om wat stiller te zijn, toen hij bedacht dat als je geen geluid hoort van buiten, er waarschijnlijk ook niets te horen zou zijn van wat er zich in deze ruimte afspeelde.

'Ik denk dat we moeten zoeken naar aanwijzingen die ons vertellen wie deze kamer gebruikt.'

'Nou, ik denk dat ik dat al weet. Dit is de geheime kamer van Wilfred van Eeghen. Hier kon hij zich rustig terugtrekken of misschien zelfs wel verbergen als zijn gemene broer in Nederland was', zei Katja.

Tom dacht even na en knikte langzaam. Dat was nog niet eens zo'n slechte conclusie van Katja!

'Je zou wel eens gelijk kunnen hebben', sprak hij voorzichtig. Je moest Katja niet al te veel gelijk geven, dan werd ze een beetje lastig en wist alles ineens beter. 'Ik zoek aan deze kant en jij aan die kant?'

'Oké, ik neem het bureau en het risico van uiengeurvergiftiging, het stinkt aan deze kant nog meer dan bij de kast', zei Katja opgewekt en ze liep op wolkjes in de richting van het bureau, want ze vond het heel bijzonder als Tom haar zomaar gelijk gaf.

Ze zag dat het bureau vol lag met velletjes papier waarop allerlei aantekeningen leken te staan. Maar Katja kon ze niet goed ontcijferen omdat haar eigen schaduw over het bureau viel. Ze boog zich voorover en zag toen de oude bureaulamp.

'En weer is het Katja die het licht laat schijnen!', sprak zij triomfantelijk in Toms richting. Toen Tom niet direct begon te applaudisseren en kennelijk al met iets anders bezig was, draaide zij zich weer terug naar het bureau en begon aandachtig de aantekeningen te lezen.

Tom was zo voorzichtig geweest om het gat in de kastdeur weer dicht te maken met de Enneagram-inscriptie. Stel je eens voor dat iemand van buiten het licht zou zien! Daarna liep hij naar het bed toe om dat eens nader te bekijken. Dat gaf hem niet veel aanwijzingen. Het was duidelijk dat dit bed vast niet veel werd gebruikt, zo netjes was het opgemaakt. Onder het bed stond een chemisch toilet en daarnaast lag een boek. Tom verbaasde zich even over het toilet en pakte toen het boek op. Er bleef een lege plek achter in het stof. Tom moest niezen, hij was een beetje allergisch voor stof.

'Hatsjoe!'

Het stof onder het bed stoof alle kanten op en de stofrolletjes wolkten onder het bed vandaan.

'Het Dagboek van een herdershond', las Tom hardop toen hij het boek bekeek met tranen in zijn ogen van het niezen.

Was dat niet een hele oude televisieserie? Iets met een kapelaan ofzo. Hij had er zijn ouders over horen praten omdat het net weer opnieuw uitgebracht zou worden op DVD. Hij opende het boek voorzichtig, maar kon er niets interessants aan ontdekken.

Hij legde het boek weer voorzichtig terug om geen stof op te laten waaien en draaide zich om. Katja stond in gedachten verzonken bij het bureau en leek velletjes papier te lezen. Tom zag dat hij daar niets aan toe kon voegen en liep naar de boekenplanken.

Het was een 'boekenkast' die bestond uit vijf planken afgeladen vol met boeken. Tom had wel eens van zijn vader gehoord dat je het karakter van een mens kunt inschatten door te kijken wat hij in zijn boekenkast heeft staan.

Nou, dan was dit wel de boekenkast van een heel ingewikkeld mens!

Er stond van alles door elkaar; boeken over vaderlandse en Europese geschiedenis, een hele encyclopedie in 20 delen, zo'n beetje alle strips van Asterix, Suske en Wiske en Kuifje, veel boeken over Frankrijk en Franse kastelen, boeken over handleeskunde, sterrenkunde en symbolen, veel Engelstalige romans, boeken over muziek en componisten en een hele plank met alleen maar Nederlandse literatuur: Hella Haasse, Wolkers, Giphart, Mülisch, Hermans, het Dagboek van Anne Frank en hé, dat is raar, nog een keer het Dagboek van een herdershond.

Vreemd, dacht Tom en hij wilde het net pakken toen Katja hem aan zijn mouw trok.

Hoofdstuk 15 *Het Nachtboek*

'Moet je eens kijken, Tom', zei Katja en ze duwde Tom een aantal velletjes papier onder zijn neus. 'Dit zijn aantekeningen van Wilfred van Eeghen volgens mij. Het lijken wel korte notities of geheugensteuntjes. Kijk, het zijn alleen maar kleine zinnetjes, net alsof hij zichzelf aan iets wilde herinneren en dat dan later kon uitwerken.'

Tom keek wat verwonderd. 'Hoe weet je of die aantekeningen van Wilfred zijn en niet van zijn broer? En waarom denk je dat hij zichzelf ermee aan iets wil herinneren?'

Katja keek Tom triomfantelijk aan.

'Omdat ik ze gelezen heb, wijsneus. Er zijn veel verwijzingen naar Berthold en dat doe je niet als je dat zelf bent, en ten tweede schrijf ik ook vaak zulke korte briefjes aan mezelf om iets niet te vergeten.'

Dat laatste wist Tom. Katja's handen en armen zaten vaak van boven tot onder vol geschreven met dingen die ze niet wilde vergeten.

'Wat schrijft hij dan?' Tom begreep dat hij maar beter even rustig kon aanhoren wat Katja uit de zinnetjes had gedestilleerd.

'Het zijn eigenlijk allemaal kattebelletjes, korte opmerkingen of vragen. Ze leken op volgorde te liggen. Kijk, ik zal ze onder elkaar leggen.'

Biljoen was Bouillon
De Museum Bende?
Berthold en BB?
BB en Van Gogh, maar ook Munch?
Is er wel een schat?
Berthold en Ridder
De Schuylenbourgh is Van Schuijlenburg?
Kelder of Crypte in het Negenhuis
Sprong Negenster
Nachtboek verbergen: dag nachtboek!

'En zo zijn er nog een paar, maar die zijn haast niet meer leesbaar en dit zijn de spannnendste!', zei Katja en haar ogen schitterden. 'Het lijkt alsof ze jaren oud zijn, want de eerste zijn al helemaal verbleekt. Zou die BB, Brigitte Bardot zijn? Dat is een oude actrice, die vroeger heel mooi was. Ze woont in Frankrijk waar Berthold ook vaak is. Of zou BB te maken hebben met Biljoen en Bouillon, wat die twee ook mogen betekenen?'

Terwijl ze zo doorratelde gingen Toms ogen weer terug naar het laatste zinnetje: *Nachtboek verbergen: dag nachtboek!*

Dat was vreemd. Het was nu al een paar keer in vijf minuten dat hij iets tegenkwam met het woord dagboek erin. Er lag een Dagboek van een herdershond onder het bed en hetzelfde dagboek stond in de kast naast Het Achterhuis, het dagboek van Anne Frank. En wat ook wel toevallig was, was dat het dagboek van Anne Frank ging over een ruimte waar Anne en haar familie zich hadden verborgen voor de Duitsers in de oorlog. En dat Achterhuis was een soort ruimte die wel heel veel weg had van deze geheime kamer achter de kast!

Tom liep naar de boekenplank waar hij de dagboeken had gezien. Hij pakte het dagboek van Anne Frank uit de kast en bladerde het door. Je kon zien dat het veel was gelezen door de vele vouwen in de hoeken van de pagina's. En er stonden aantekeningen naast de tekst geschreven met hele kleine priegellettertjes. Zelfs Toms scherpe ogen konden ze niet lezen. Hij zat net te denken of hij dit boek mee zou nemen naar huis om die aantekeningen eens onder een vergrootglas te houden, toen hij ineens in de verte een geluid hoorde. Het kwam van de andere kant van de kast vandaan. Het klonk als een deur die openging in de bijkeuken!
Toms hart leek stil te staan en ook Katja stond als aan de grond genageld. Ze keken elkaar aan. Kennelijk was de kast niet zo geluiddicht als ze hadden gedacht!
Tom bracht zijn vinger naar zijn lippen en bewoog verder niet. Er klonken schuifelende voetstappen aan de andere kant van de kast. Ze kwamen in de richting van de deuren en leken daar even stil te staan. Er werd aan de kastdeuren getrokken en toen die niet opengingen, hoorden ze de voetstappen zich weer verwijderen. Daarna klonk het geluid van een deur die werd dichtgetrokken.

Tom en Katja bleven allebei nog minstens twee minuten stokstijf stilstaan. Daarna fluisterde Tom in Katja's oor: 'We moeten hier weg! Neem die aantekeningen mee. Dat zoeken we thuis verder uit!'
Katja knikte, ze begon de velletjes papier te verzamelen. Tom had zich intussen omgedraaid naar de boekenplanken en pakte het Dagboek van een herdershond. Voordat ze zouden gaan, wilde hij eerst weten waarom daar twee exemplaren van waren. Deze versie was zwaarder en had een

harde kaft en toen hij het open wilde slaan, ging dat niet. 'Wat krijgen we nu?', fluisterde hij in zichzelf. Weer probeerde hij het boek open te krijgen, maar het leek wel of de bladzijden allemaal aan elkaar waren gelijmd.

Katja had intussen alle aantekeningvelletjes in haar achterzak gepropt en zag hoe Tom aan het worstelen was met het boek.
'Laat mij eens.'
Tom keek haar eerst aan alsof hij wilde zeggen dat ze ter plekke kon neervallen, maar hij gaf het haar uiteindelijk toch.
Katja zat graag overal aan met haar handen en soms gingen dingen daardoor wel eens stuk, maar met haar slanke, lenige vingers was ze vingervlug. Toen ze op haar zevende verjaardag een goocheldoos kreeg, kon ze diezelfde middag op haar partijtje alle trucs opvoeren. Maar ook als er iets tussen de zitting van een stoel zat en je kon er net niet bij of als je iets uit de knoop wilde hebben, dan kon je dat het beste aan Katja vragen. Want zij had dat zo voor elkaar met haar rappe vingertjes.
Katja draaide het boek een aantal malen om en voelde aan de rug. Die leek van harder materiaal te zijn gemaakt dan de kartonnen kaft. Ze voelde nog eens goed onderin aan de binnenkant. Ja, daar zat het! Het leek wel een halfrond ringetje. Ze trok eraan en poef! Het boek ging open.

Tom en Katja bogen zich voorover. De beide kaften verborgen een holle ruimte en daarin lag iets dat op een agenda leek. Het was van leer en werd dichtgehouden door een kort riempje met daaraan een metalen gesp.

Voorzichtig maakte Katja de gesp los en opende het leren boekje.
Daar stond op de eerste pagina:

In de nacht zal worden geschreven,
Wat ik op de dag heb mogen beleven.
Mijn Nachtboek is gesloten voor het dagelijks zicht
En komt alleen tot leven in het zwarte licht.

'Het is een dagboek!', fluisterde Katja opgewonden.
'Nee, een Nachtboek', fluisterde Tom, die ook nu weer graag gelijk wilde hebben, terug.
Katja bladerde door het boekje.
'Maar, er staat verder helemaal niets in?'
Stomverbaasd keek ze het boekje van voor naar achter een paar keer door.
'Behalve op die eerste pagina staat er niets in dat dagboek!'
'Nachtboek! En laat mij eens kijken.'
Tom keek eens goed naar de pagina's en hield er toen een omhoog tegen het licht van het lampje aan het plafond.
'Er lijkt wel iets te staan, maar het is op deze manier totaal onleesbaar.'
'Zou het onzichtbare inkt zijn?', vroeg Katja. 'Als hij daarmee in de nacht heeft geschreven, kon hij zelf niet eens lezen wat hij schreef!' Ze giechelde even bij die gedachte.
Tom keek haar verstoord aan.
'Ik weet niet wat jij nou zo lollig vindt, maar ik denk dat we hier als de wiedeweerga vandaan moeten. Heb jij die aantekeningen?'
Katja knikte.
'Met het Nachtboek en die aantekeningen komen we weer

een stukje verder, denk ik. Hou jij het Nachtboek vast, ik neem het Dagboek van Anne Frank ook mee. Ik wil weten waar die aantekeningen in de marge over gaan.'

Katja deed het licht bij het bureau uit na nog één keer goed de geheime ruimte rond te hebben gekeken. Tom deed zijn zaklamp in de laserpointer aan en nadat ze het licht hadden uitgedaan, gingen ze de kast weer in.
'Hoe zou de deur nu weer dichtgaan?', vroeg Katja zich af.
Maar Tom had het al bedacht en drukte de cijfers in het Enneagram in, maar nu in tegenovergestelde volgorde. Hij had wel eerst goed geluisterd of hij aan de andere kant van de kastdeur niets hoorde. Maar toen alles oké leek, drukte hij op de getallen.
De twee delen van de achterwand van de kast schoven weer dicht en daarna hoorden ze de grendel in de gewone kastdeuren verschuiven en klikten die van het slot.
Ze duwden de kastdeuren open om naar buiten te stappen. Het was intussen buiten al gaan schemeren, zodat de bijkeuken al in duisternis was gehuld.
'En nu vlug naar huis!', fluisterde Tom.

'Niet zo haastig jongelieden!', klonk opeens uit het duister.

Hoofdstuk 16 *De schermutseling*

Tom en Katja schrokken zich een rolberoerte! In het schemerdonker konden ze alleen een kleine donkere gedaante
ontwaren, maar Katja had direct de gemene klank in die
stem herkend.
'Ee- Ezechiël!', zei ze een beetje stotterend.
Het was inderdaad het gebochelde mannetje. Hij keek hen
boosaardig aan en zijn ogen hadden een vreemde kleur in
het donker. Hij had iets in zijn hand wat op een wandelstok
leek en hij priemde ermee in hun richting.
'Dat was verduiveld knap van jullie lieden. Ik ben al dagen
op zoek naar het geheim van die lastpak van een Wilfred.
En jelui komt hier binnen en vinden onmiddellijk iets. Zeg
op! Wat is er in die kast! En wat hebben jullie meegenomen? Boeken, zie ik. Geef die maar aan mij, mijn baas zal
tevreden zijn.'

Tom was geschrokken en tegelijk stomverbaasd. Hoe wist
dat mannetje dat ze daar waren? En hoe kon hij ineens zo
goed zien? En had de oude hoedenmaker Ezechiël opdracht
gegeven om op zoek te gaan naar het geheim van Wilfred
van Eeghen?
Het leek alsof het gemene mannetje zijn gedachten kon
lezen, toen hij zei:

71

'Ik kan heel goed zien dat jullie allebei een boek in jullie kleffe handen hebben. Het donker is aardig voor mijn ogen, het licht maakt me halfblind. En nu vooruit met de woorden! Wat is er in die kast en geef mij die boekwerken!'

Tom wilde Het Achterhuis net achter zijn rug verbergen toen hij een vreemd geluid hoorde. Ezechiël had de wandelstok in beide handen genomen en trok hem uit elkaar. Met een kletterend geluid viel een deel op de grond en wat overbleef in zijn handen blonk in het schemerlicht. De wandelstok was eigenlijk een verborgen degen!

'Ik wil jelui even waarschuwen. Ik kan hier zeer goed mee omgaan, ik was namelijk schermkampioen in mijn jonge jaren. En nu hier met die boeken of ik prik luchtgaatjes in jullie buiken!'

Tom en Katja waren te verschrikt om iets terug te doen. Katja stak haar hand met daarin het Nachtboek een beetje bibberend uit en het gemene mannetje greep het met een klauwachtig gebaar. Zonder ernaar te kijken, stopte hij het weg in de zak van zijn te grote jas. Hij keek Tom aan en wenkte met zijn ogen. Weifelend haalde Tom het boek van Anne Frank tevoorschijn en maakte een gebaar met zijn hand alsof ook hij zijn boek zonder slag of stoot aan Ezechiël zou geven. Met zijn andere hand gaf hij een kort seintje naar Katja. Het mannetje had het niet in de gaten. Met een begerige blik keek hij naar het boek en lette niet op Katja.

Op dat moment liet Tom het vlak voor zijn voeten vallen.

'Jonge kluns!', riep het mannetje uit en bukte zich om het op te rapen. Dat was de kans waarop Katja gewacht had. Ze had niet voor niets judo gedaan en krachttraining voor het voetbal. Ze sprong naar voren en pakte de stok op die de degen had verborgen. Ze maakte een koprol en gaf tegelijkertijd met de stok een harde tik op de hand van Ezechiël die de degen vasthield.

'Auwa!', schreeuwde het mannetje uit en liet van pijn het steekwapen vallen. Tom sprong ernaar om het te pakken, maar Ezechiël had zich verbazend snel hersteld en schopte de degen buiten zijn bereik. Hij draaide zich om naar Katja, die met de stok in haar hand gereed stond om hem nog een tik te geven. Voordat ze het in de gaten had, rukte de man aan de stok en Katja, die niet wilde loslaten, werd meegesleurd, recht in zijn armen. Onmiddellijk sloten de sterke armen van Ezechiël zich om haar heen. Ze kon bijna geen adem halen en de tranen sprongen in haar ogen.

'Laat die stok los!', siste een stem in haar oor en hij drukte haar ribben bijna tot moes. Ze rook zijn zure adem en met een misselijk gevoel liet ze de stok vallen.

'En jij, jonge held. Denk maar niet dat je iets kunt uithalen met die degen. Voordat je die kunt oppakken, heb ik de ribben van je miepje door haar longen geperst en sterft ze een bloederige dood. Geloof me, ik heb al eerder met dit bijltje gehakt.'

De situatie was nu weer omgekeerd. Tom had al spijt van zijn heldendaad nu hij zag dat Katja eerst rood en nu al een beetje paars aanliep.

'Laat haar gaan!', schreeuwde hij tegen het mannetje.

'Ik denk niet dat jij in de positie bent om mij iets op te dragen, jonge vlerk. Doe die kastdeur open en stap erin zonder problemen te maken. Ik denk dat dat een goede plek voor jullie is om jullie zonden te overdenken. En geloof me, jullie zullen alle tijd krijgen om te denken, want in dit huis komt voorlopig geen mens.'

Door haar tranen heen zag Katja hoe Tom stond te twijfelen.

'Doe het maar Tom', sprak ze met verstikte stem.

Tom keek haar verbaasd aan en zag dat ze hem met één vrije hand een seintje gaf. Haar andere hand kon hij niet zien.

Ze was oké en ze was iets van plan!

Tom liep langzaam in de richting van de kast.

Het mannetje hield hem nauwlettend in de gaten.

'Loop een beetje door, lui jongmens! En maak alvast wat ruimte voor je miepje.'

Hij maakte zijn wurggreep iets losser om Katja ook de kast in te duwen.

Daar had Katja op gewacht!

Met alle kracht die ze had, stampte ze keihard op de rechtervoet van Ezechiël en met haar linkerbeen zette ze zich af naar achteren.

Weer klonk het keihard 'Auwa!' toen Katja en Ezechiël achterover op de grond vielen.

Katja viel bovenop het mannetje; hij moest haar loslaten om zijn val te breken. En bijna alsof hij een trampoline was, veerde Katja weer terug op haar voeten en holde in één beweging door naar de buitendeur.

'En nu echt wegwezen!', gilde ze naar Tom, die nog een beetje verdwaasd bij de kastdeur stond.

Tom bedacht zich echter geen moment en voordat het mannetje scheldend en tierend weer op zijn korte benen stond, waren ze al door de tuindeur verdwenen en het donkere pad achter de huizen in gerend.

Hoofdstuk 17 *Krijgsraad onderweg*

Toen ze hijgend op de Beethovenstraat aankwamen, was het intussen al behoorlijk donker geworden.
Katja wilde net haar mond opendoen om datgene wat ze zojuist beleefd hadden nog eens door te spreken, toen Tom op zijn horloge keek. Al half elf!
'We moeten als de weerga naar huis! Ik kreeg al zo'n rammelend gevoel in mijn maag. We hebben nog niet eens gegeten!'
Katja keek hem verwonderd aan.
'Hoe kun je nou over eten praten nadat we net bijna zijn vermoord en opgesloten!'
Tom vond die volgorde wel grappig.
'We zijn al lang van huis en alhoewel mijn ouders niet op me rekenen met eten omdat ze vanavond een dineetje hebben, kan ik me voorstellen dat ze misschien ongerust zijn.'
'Ik denk dat je ouders allang weg zijn en er zal wel een briefje liggen met waar de lasagne te vinden is.'
Tom glimlachte weer. Dat was niet zo'n foute gedachte van Katja. Als Toms moeder maar vermoedde dat Katja zou blijven eten, dan zorgde ze ervoor dat er lasagne was, want daar was Katja dol op. Toms ouders noemden Katja altijd liefdevol het 'Lasagnemonstertje' en Tom zorgde er wel voor dat Katja dat nooit te weten zou komen.

Hij was even gerustgesteld, maar toen zijn gedachten weer afdwaalden naar wat ze zojuist beleefd hadden, werd hij boos.

'Wat een avontuur! En wat een gemeen mannetje. Hoe kon hij weten dat we daar waren? En is die aardige hoedenman zijn opdrachtgever? Hij was vast van plan ons op te sluiten in die kast! En weet je wat ik het ergste vind? Dat ik weet hoe ik dat Nachtboek had kunnen lezen en dat zijn we nu juist kwijt!'

Katja keek bedenkelijk.

'Jij weet hoe we dat dagboek kunnen lezen?'

'Nachtboek, en ja, maar daar hebben we nou niets aan, want je hebt het aan dat gebochelde mannetje gegeven! Niet dat je daar iets aan kon doen, want hij had wel een zwaard of degen of hoe dat steekding heet', sprak hij voorzichtig. Het zou niet eerlijk zijn om Katja er de schuld van te geven dat ze het Nachtboek van Wilfred kwijt waren.

Katja leek helemaal niet onder de indruk van hun verlies.

'Wat ik opvallend vind, is dat hij inderdaad wist dat we daar waren. Ik heb zo het idee dat hij onze aankomst had voorbereid. Als je er nog eens over nadenkt, stond de tuindeur open, liep er een spoor door het gras alsof er net iemand had gelopen en ook de deur van de bijkeuken was niet op slot. Hij heeft ons misschien wel gebruikt om datgene dat hijzelf niet kon vinden, voor hem te vinden. Denk er wel aan, hij kan niet goed zien in het daglicht. En hij vertelde zelf dat hij al dagen op zoek was naar het geheim van Wilfred van Eeghen en dat wij het voor hem hebben opgelost!'

Tom beet op zijn lip. Hij was een beetje overdonderd door

de logica van Katja. Dat had hij zelf moeten bedenken. Hij beet zelfs op zijn lip! Het leek wel de omgekeerde wereld. Ook kon hij niet begrijpen dat Katja maar bleef glimlachen. Ze hadden verloren van een klein gebocheld mannetje! En als iemand nou niet tegen haar verlies kon, dan was het Katja wel.

'Hij was wel erg sterk', zei Katja opeens, alsof ze zijn gedachten kon raden en daar een verklaring voor gaf. 'En die enge ogen! En hij stonk uit zijn mond! Alsof hij net twee dode kikkers had opgegeten! Dat zou me trouwens niet verbazen, nu ik eraan denk. Wat een lucht, hij stonk nog meer dan die uienlucht in de geheime kamer. Wat zou dat trouwens zijn geweest, denk je?'
Tom werd weer een beetje blij. Nu was hij het weer die kon laten zien dat hij goed had nagedacht over wat er gebeurd was.
'Ik denk dat ik weet waar die lucht vandaan kwam. Kun je je dat korte gedichtje nog herinneren dat voorin het Nachtboek stond? Ik vond het een mooi versje:

In de nacht zal worden geschreven
Wat ik op de dag heb mogen beleven
Mijn Nachtboek is gesloten voor het dagelijks zicht
En komt alleen tot leven in het zwarte licht.

'Ja, alsof dat bestaat, het zwarte licht!', zei Katja peinzend en ze haalde haar schouders op.
'Ja en alsof dat nog uitmaakt als we dat Nachtboek niet meer hebben', zei Tom, met spijt in zijn stem. 'We waren er zo dichtbij!'

'Dichterbij dan je denkt!', zei Katja en haar ogen schitterden.

Tom keek haar bevreemd aan.

'Wat bedoel je. Dichterbij dan ik denk! Oh ja, natuurlijk! We hebben de aantekeningen nog.'

'Nee hoor, nog beter.' Katja's ogen leken wel op te lichten in het donker. Tom dacht opeens dat Katja wel een goede naam voor haar was. Haar ogen leken wel katte-ogen, zo straalden ze in het donker.

'Hoezo, nog beter.'

'Taraa – en weer brengt Katja licht in de duisternis!', sprak Katja triomfantelijk, en ze haalde met een zwierig gebaar een klein leren boekje uit haar achterzak.

'Het Nachtboek! Hoe heb je dat voor elkaar gekregen?', sprak Tom verwonderd en met bewondering in zijn stem.

'Toen Ezechiël met jou aan het praten was en zei dat je de kast in moest, toen kon ik zijn zakken rollen. Het was niet eens zo heel moeilijk, want hij had een veel te grote jas aan en daarin zaten dan ook nog heel erg grote zakken.'

Tom wist niet wat hij moest zeggen, zo trots was hij op haar. Hij wist wel dat ze vingervlug was, maar dat ze ook nog kon zakkenrollen, dat wist hij niet.

'Oké, nou jij', zei Katja. 'Je zei net dat je wist waar die lucht vandaan kwam en dat je het een mooi versje vond dat in het dagboek stond.'

'Nachtboek – en ik zal je alles vertellen als we thuis zijn. Ik wil nu eerst wat eten en dan naar mijn kamer.'

Hoofdstuk 18 *Krijgsraad in Toms huis*

Nadat ze veel meer dan de helft van de lasagneschotel had opgegeten die Tom's moeder had klaargezet, zeeg Katja neer op de bank in de kamer en keek Tom tevreden aan.
'Dat was lekker. Jammer dat jij zo'n honger had. Ik had nog wel een kwart bakje opgekund.'
Tom keek zuinig. Katja had binnen vijf minuten minstens tweederde van de lasagneschotel naar binnen gewerkt en hij had zich tevreden moeten stellen met de rest. Hij rekende snel uit dat als ze daarna dan nog eens een kwart van de schotel had gehad, dan had hij zijn honger moeten stillen met een twaalfde portie. Dat zou misschien net twee volle eetlepels lasagne hebben betekend. Tja, daar kun je niet van leven.
In plaats daarvan zei hij: 'Ik vind het ontzettend dapper en knap van je dat je Ezechiël op de grond hebt gegooid en dat je stiekem het Nachtboek uit zijn zak hebt gehaald.'
Katja straalde helemaal, ze kreeg niet zo vaak een compliment van Tom.
'Dat mannetje is echt ontzettend sterk in zijn armen. Dat komt waarschijnlijk doordat hij de hele dag voor de oude hoedenmaker moet zorgen. Hij duwt zijn rolstoel en misschien moet hij hem zelfs wel in bed tillen.'
Katja knikte, daar had ze zelf nog niet aan gedacht.

'En die enge ogen!', vervolgde Tom. 'Ik werd al bang als hij naar me keek! En wat ook zo bijzonder is? Dat hij wel goed in het donker kan kijken en niet in het licht. Zou hij een soort albino zijn?'

Katja schoot in de lach. Ze zag Ezechiël al voor zich met rode oogjes en konijne-oortjes.

'Nee, ik meen het. Ik heb wel eens gelezen over albinisme bij mensen. Dat kan betekenen dat mensen bijvoorbeeld niet goed tegen licht kunnen en ook heel slecht kunnen zien in het licht, maar dat ze in het duister wel redelijk kunnen zien.'

Nu stelde Katja zich Ezechiël voor als een wit konijntje met rode oogjes op een berg in Zwitserland. Ze moest onwillekeurig weer even lachen.

Tom, die haar al langer kende dan vandaag, zei onmiddellijk: 'Ik zei albinisme, met een B, geen alpinisme. Kom terug op aarde, juffrouw Fantasie!'

Katja was weer in Nederland op de bank in Toms huis.

'Maar ik vind het hartstikke knap dat je Ezechiëls zak hebt gerold. Dat je dat durft en dat je dat kan! Ik mag wel uitkijken met jou in de buurt. Ik ben zo een paar tientjes armer!'

Katja keek eerst blij door alle complimenten, maar bij dat laatste ging ze verontwaardigd rechtop zitten. Alsof ze bij haar beste vriend zou stelen! Maar toen ze zag hoe trots en lachend Tom haar aankeek bij deze woorden, begreep ze ineens dat dit een bijzonder moment was: Tom gaf haar een enorm compliment en hij maakte daarbij ook nog een grapje! Ze zakte weer achterover in de bank en liet Tom rustig doorpraten.

'... En ik ben vooral blij omdat ik waarschijnlijk weet hoe we het Nachtboek kunnen lezen! Ik zou ontzettend de pest in hebben als we zo dichtbij waren geweest en dat we dan niet verder konden omdat we het boekje niet meer hadden.'

Katja knikte en wachtte af hoe Tom verder zou gaan.

'Dat versje vooraan in het Nachtboek had het over het Zwarte Licht. En dat het Nachtboek daardoor tot leven zou komen.'

Katja werd al wat minder blij en haalde haar schouders op.

'Ja, alsof zwart licht bestaat!', zei ze nog eens.

'Maar dat bestaat wel!', zei Tom enthousiast. 'Je hebt toch wel eens gehoord van Black Lights! Dat zijn gewoon ultraviolette TL-buizen. Je weet wel, die lampen die we ook wel eens op schoolfeesten hebben, waar je van die witte tanden van krijgt en oplichtende witte kleding.'

Katja wist direct waar Tom het over had. Zij hielp vaak mee met de organisatie van de schoolfeesten en zij was nooit zo enthousiast over die speciale verlichting geweest. Een paar schoolfeesten geleden had ze tot haar schaamte ondekt dat die lampen niet alleen witte kledingstukken lieten oplichten, maar ook alle pluisjes op de gloednieuwe zwarte trui die ze speciaal voor dat feest had gekocht. Ze had wel door de grond willen zinken toen een van haar 'vriendinnen' opeens naar haar nieuwe trui wees en hardop de pluisjes ging tellen.

'Ja, die paarse rotlampen die vooral pluisjes en lelijke tanden lekker scherp uitlichten', mompelde ze binnensmonds.

'Inderdaad', zei Tom triomfantelijk, 'maar ook onzichtbare inkt die van uien is gemaakt!'

Katja was even in gedachten bij dat nare schoolfeest geweest, maar nu was ze direct weer bij de les.

'Onzichtbare inkt van uien? Bestaat dat?'

'Jazeker, je kunt heel veel stoffen gebruiken om onzichtbaar te kunnen schrijven. Onzichtbare inkt kun je maken van fruitsap en van melk, en in mijn scheikundedoos zit bijvoorbeeld een stof die kobaltchloride heet en ook daarmee kun je onzichtbare boodschappen schrijven. Ik las dat in de gebruiksaanwijzing en vond dat zo interessant, dat ik op internet ben gaan zoeken op geheimschrift en onzichtbare inkt. Er zijn ontzettend veel sites met informatie daarover. Vroeger werden bijvoorbeeld geheime berichten geschreven met onzichtbare inkt en dan werd er later met gewone inkt overheen geschreven. Je kon dan niet zien dat het een geheime boodschap was, want het zag eruit als een gewone brief.'

'En waar schreven ze dan mee?'

'Met een ganzeveer die ze in de vloeistof doopten, maar het kan ook met een houten stok met een scherpe punt.'

'En hoe konden ze dan die geheime boodschap weer ontcijferen?'

'Meestal door de brief gewoon boven een kaarsvlam te houden; door de warmte daarvan kleurden de letters dan bruin en kon je ze goed lezen.'

'En hoe wisten de schrijvers dan wanneer hun onzichtbare inkt op was?'

Op het moment dat ze dat zei en Tom precies zo reageerde als ze had verwacht, rolde Katja schaterlachend van de bank.

'Haha, wat zijn we weer leuk', zei Tom, geërgerd omdat hij weer in een van Katja's grapjes was getrapt. 'Ik ben heel serieus. Het stonk in die ruimte naar uien omdat Wilfred zijn Nachtboek met onzichtbare inkt heeft geschreven. Die onzichtbare inkt heeft hij zeker van uien gemaakt. En een tekst die geschreven is met uiensap kun je niet alleen zichtbaar maken door warmte, maar ook met behulp van ultraviolet licht. Het zwarte licht, weet je nog?'

Katja was stil geworden. Haar grapje was erg kinderachtig geweest. Zeker nu Tom al zo veel had opgelost van alle raadsels die ze waren tegengekomen, en zij had alleen maar achterover gezeten op de bank en flauwe opmerkingen gemaakt.

'Dus je denkt dat je met ultraviolet licht de inhoud van het dagboek kan lezen?', zei ze snel om Tom weer een beetje in zijn humeur te brengen.

Tom was direct weer enthousiast. Met een breed gebaar haalde hij zijn laserpointer uit zijn zak en drukte op het knopje van het ultraviolette licht. Hij opende het Nachtboek op een willekeurige pagina en scheen erop met zijn pointer.

'Kijk en weest verbaasd!', zei hij met een triomfantelijke blik in zijn ogen.

Hoofdstuk 19 *Het geheim van het Nachtboek*

Toen het licht van Toms pointer op de pagina viel, kwamen er opeens letters en woorden te voorschijn. Ze waren niet zo heel goed te lezen, maar Toms scherpe ogen konden alles goed onderscheiden. Hij las het volgende hardop.

18 mei: Ik heb besloten de geheime ruimte te laten maken. Omreden van Bertholds steeds dwazere en dreigende gedrag en geïnspireerd door het Achterhuis van Anne Frank.

'Ik wist het!', riep Tom uit. 'Toen ik al die aantekeningen in het Dagboek van Anne Frank zag, wist ik dat het te maken moest hebben met die geheime ruimte.' Hij glunderde van trots.

'Wat staat er nog meer?', vroeg Katja nieuwsgierig; ze zat met haar hoofd al bijna tussen de bladzijden van het boekje.

'Laten we maar bij het begin beginnen, dan krijgen we een veel beter idee van wat Wilfred door het hoofd speelde.'

'Dus dat weten we nu zeker hè, dat dit dagboek van Wilfred is?', zei Katja hoopvol.

'Alles wijst erop. De geheimzinnige kamer, de zin die we net hebben gelezen over Berthold, maar het meest opvallend vond ik de opmerking van Ezechiël: Ik ben al dagen op

zoek naar het geheim van die lastpak van een Wilfred. Dus ik denk dat we hiermee niet alleen het dagboek, ik bedoel Nachtboek van Wilfred van Eeghen in handen hebben, maar ook de sleutel tot zijn geheim. Wat dat ook mag zijn.'
'En misschien komen we er ook achter waarom hij is ontvoerd! Kom, laten we snel verder lezen!', sprak Katja ongeduldig.
Tom opende het Nachtboek op de tweede pagina en begon hardop te lezen.

Dit Nachtboek schrijf ik omdat ik de vreemde uitspattingen van mijn broer wil bijhouden. Voor mijn eigen bescherming of misschien wel voor gebruik als bewijsmateriaal in het geval dat er iets met mij gebeurt. We zijn dan wel tweelingen, maar we zijn zo verschillend als dag en nacht.
Het is allemaal begonnen met Bertholds vreemde gedrag nadat we het gewelf hadden gevonden vlak bij het kasteel in Velp. Berthold had altijd al een rare tik om overal geheimzinnig over te doen en overal iets achter te zoeken. Maar na die ontdekking werd hij nog vreemder dan voor die tijd.

'Zie je wel, die Berthold deugt van geen meter!', sprak Katja triomfantelijk.
'Stil nou! Ik wil weten hoe het verder gaat.'

De oorsprong van dit Nachtboek gaat terug naar de tijd dat Berthold en ik nog jong waren, ik meen een jaar of tien, elf. Wij woonden destijds in Velp in een villa aan de rand van het landgoed Biljoen.
Dat was een heerlijke tijd. We waren altijd samen en, zoals de meeste tweelingen, waren we ook de beste vrienden. Dat

85

kwam goed uit, want ons huis bij het kasteel lag een beetje afgelegen en er kwamen eigenlijk nooit vriendjes bij ons spelen.

We speelden de meest spannende spelletjes in die tijd: cowboytje en indiaantje, politie en inbrekertje. Gek genoeg wilde Berthold altijd de boef zijn in die spelletjes. Behalve bij één spel – als we riddertje gingen spelen. Dat was het lievelingsspel van Berthold. Dan was hij de ridder en dan moest ik de schildknaap of de struikrover spelen.

Je zou denken dat dat een ontzettend leuk spel zou zijn als je vlak bij een echt kasteel woont met hoektorens en daaromheen een gracht. Maar ik vond het eigenlijk helemaal niet zo leuk, want Berthold speelde altijd dat ik opgesloten moest worden. En of ik nou schildknaap was of struikrover, hij nam me dan altijd mee naar het gewelf in de oude ruïne en bond me daar vast.

Die oude ruïne lag verderop op het landgoed. We hadden die bij toeval ontdekt toen we indiaantje speelden en door het gras slopen om een hert te bespieden in de wei wat verder. Ik lette even niet goed op omdat ik niet wilde dat het hert mij in de gaten kreeg. Maar voor ik het wist, rolde ik van een glooiing naar beneden en viel met mijn hoofd voorover in een gat. Ik herinner me nog hoe Berthold me uitlachte toen hij me met mijn benen omhoog en mijn hoofd naar beneden vond. Ik vond het vreselijk, want niet alleen zaten mijn armen vast in het gat, zodat ik me totaal niet kon bewegen, maar ik ben ook doodsbang in afgesloten ruimtes. Bovendien rook het daar extreem vies en toen ik gilde om Berthold te roepen, klonk het heel erg hol en hoorde ik vreemde geluiden. Toen Berthold me aan mijn benen uit het gat trok, lachte hij nog. Hij was echter meteen stil toen hij zag dat het gat meer was dan alleen een groot konijnehol. Toen ik hem vertelde dat het daarbinnen stonk en dat het erg hol klonk, stak hij onmiddellijk zijn hoofd naar binnen om te kijken wat er daar was. Berthold was en is nooit ergens bang voor. Van die enge geluiden had ik hem nog niets verteld.

Hij zei dat het een soort oude kelder of gewelf moest zijn en we spraken af dat we de volgende dag met een zaklamp en een touw terug zouden komen.

De volgende dag heel erg vroeg, kwamen we terug bij het gat. We waren gewapend met een stevig touw en twee sterke zaklampen. Berthold stak direct zijn hoofd in het gat en scheen naar binnen. Het was even stil, maar toen hij zijn hoofd weer uit het gat oprichtte, zei hij dat het inderdaad een soort gewelf was en dat het er ontzettend stonk. Hij zei niets van enge geluiden en toen hij voorstelde om als eerste naar beneden te gaan met het touw, was ik erg opgelucht. We bonden het touw aan een boom voor de zekerheid en Berthold liet zich in het gat zakken.

Terwijl hij zich liet zakken, riep hij wat hij zag in het gewelf. Nou heeft Berthold slechte ogen, dat is een van de grote verschillen tussen hem en mij, dus hij vertelde dat hij niet zoveel zag. Niet op de wanden en niet op de grond. Geen ratten dus, dacht ik nog bij mijzelf.

Op het moment dat Berthold op de vloer van het gewelf aankwam, moet het gebeurd zijn. Hij riep naar mij dat alles oké was en moet zijn zaklamp naar boven hebben gericht.

Plotseling hoorde ik een vreselijk gegil en heel hoog gepiep en direct daarna leek er opeens een zwarte wolk uit het gat te komen.

Vleermuizen!

Bertholds geroep en het licht van zijn zaklantaarn had een hele kolonie vleermuizen opgeschrikt, die in paniek om hem heen zwermden en toen het gat uit vluchtten.

Pas toen er een eind aan de zwarte wolk kwam en er niets meer uit het gat fladderde, durfde ik naar Berthold te roepen. Het duurde even voordat er een antwoord kwam. Dat antwoord was een hartverscheurend snikken, dat plots werd onderbroken door een schreeuw van boosheid. Berthold was boos op mij, want het was allemaal mijn schuld en ik moest hem uit het gat trekken.

Toen ik hem had opgetrokken, zat hij onder de krassen en in zijn gezicht waren bloedspatten. Hij zag er heel eng uit. Nadat hij me een stomp had gegeven en me voor alles wat vuil was had uitgescholden, ging hij zich wassen in de beek aan de rand van de wei. Dat hielp wel iets, maar niet veel. Het leek wel of hij gekrabt en gebeten was door die vleermuizen. Nu, vele jaren later denk ik wel eens dat hij misschien door die krabben en beten een beetje gek is geworden, want hij is daarna nooit meer de oude geworden.

Hoofdstuk 20 *Het gewelf van de oude ruïne*

'Zou Berthold hondsdol zijn geworden?', zei Katja plotseling. 'Ik heb wel eens gelezen dat hondsdolheid kan worden overgebracht door een vos of door vleermuizen als je wordt gebeten of gekrabt.'
'Ach nee, joh. Hondsdolheid is hartstikke gevaarlijk. Daar kun je gek van worden en zelfs van doodgaan!'
'Maar misschien een klein beetje hondsdol? Een soort puppydol?', zei Katja en ze barstte meteen in lachen uit.
'Doe toch niet zo raar! Alsof je een beetje hondsdol kunt worden! Nee, ik geloof dat het echt heel gevaarlijk is. En dat als je je niet direct laat inenten na een beet of zelfs nadat je alleen maar door een hondsdol dier bent gelikt, dat je er van kunt doodgaan!'

Toen we thuis vertelden wat er was gebeurd, ging mijn moeder direct met hem naar het ziekenhuis. Hij heeft daar een aantal injecties gehad tegen hondsdolheid, want de dokter daar had gezegd dat vleermuizen mogelijk hondsdolheid konden verspreiden. Hondsdolheid is niet alleen gevaarlijk voor honden, het kan ook absoluut dodelijk zijn voor mensen.
Berthold heeft daarna nog een aantal dagen in het ziekenhuis gelegen. Hij wilde mij niet op bezoek hebben, want hij vond dat ik de schuld was van zijn ziekbed.

In de tijd dat Berthold in het ziekenhuis lag, heeft mijn vader het gewelf uit laten roken en het gat dicht laten maken. Hij verbood mij en later ook Berthold om daar ooit nog heen te gaan.

Ik zou daar dan ook nooit meer heengegaan zijn als niet op een dag Berthold naar me toe was gekomen met een geheimzinnige grijns op zijn gezicht. Hij zei helemaal niets, maar trok me aan mijn mouw en gebaarde me dat ik moest meekomen. Toen we in de buurt van de oude ruïne kwamen, legde Berthold zijn vinger op zijn lippen en liep naar de achterkant van een heuvel.

Daar, tussen een hoop overgroeide oude stenen was iets dat op een oude trap leek. De stenen treden waren met mos bedekt en we moesten uitkijken dat we niet uitgleden. Gelukkig was de trap niet echt steil en plotseling hield hij op bij een stenen boog. Het leek wel een soort poort van op elkaar gestapelde stenen, die helemaal overwoekerd waren met struiken en onkruid.

De poort was vervallen en zag eruit of hij ieder moment in kon storten. Ik stopte, maar Berthold trok me ruw aan mijn arm mee. We moesten bukken om onder de stenen door te gaan en ik voelde oude spinnewebben tegen mijn gezicht toen ik mee naar binnen werd getrokken. Berthold haalde een zaklamp uit zijn jaszak en scheen recht vooruit. We liepen gebukt door een oude gang die aan het eind uitkwam in een donkere, holle ruimte. Het stonk naar rook en vieze, dode dingen en toen Berthold de zaklamp rond liet schijnen, zag ik het ineens. We waren weer in het gewelf!

Hoe Berthold die ingang had gevonden, heeft hij mij nooit verteld. We zijn nog heel vaak teruggegaan om riddertje te

90

spelen en we zijn er bij toeval achter gekomen dat het waarschijnlijk een kelder van een heel oude ruïne was. Ik herinner me dat nog heel goed, want we hadden bij toeval een oude inscriptie ontdekt.

We hadden op een keer fakkels meegenomen om een goed griezelig spel te spelen: kerkertje. Berthold had me met één hand vastgebonden aan een grote oude metalen ring die aan de zijmuur van het gewelf was ingemetseld. Ik was de vijand van de ridder en ik zou gemarteld worden als ik niet alle geheimen zou prijsgeven van de komende aanval op het kasteel.

Het begon allemaal heel erg leuk en spannend. De fakkels flakkerden en gaven een spookachtige gloed op de oude stenen van het gewelf. Berthold schreeuwde bedreigingen naar mij en vertelde me dat hij me zou martelen met zijn fakkel als ik niet doorsloeg en de plannen voor de aanval zou vertellen. Hij kwam op me af met zijn fakkel en had een woeste grimas op zijn gezicht. Het was spannend en griezelig tegelijk, maar plotseling struikelde hij en de brandende toorts in zijn hand zwaaide in de richting van mijn gezicht!

Ik weet nog steeds niet waardoor het gekomen is. Door mijn reactie om de fakkel tegen te houden, wilde ik mijn beide handen voor mijn hoofd houden. Maar ik zat natuurlijk nog met één hand vastgebonden aan de oude ring!

Ineens had ik allebei mijn handen voor mijn gezicht en lag er een grote steen voor mijn voeten met het touw nog vastgebonden aan de ring. Ik moet óf even heel sterk zijn geworden, óf de oude steen waarin de ring was gemetseld, zat mogelijk helemaal niet zo vast als we dachten. Het was een vreemde situatie: Berthold hinkte op één been vloekend en tierend door het gewelf en de toorts lag flakkerend op de grond tegen de muur van de oude kelder. De rondvliegende steen had de fakkel eerst van richting doen veranderen en was toen bovenop Bertholds voet terechtgekomen.

Berthold hinkte al scheldend naar de fakkel bij de muur. Bij ieder sprongetje dat hij maakte, zag ik zijn voet meer op-zwellen. Eerst werd zijn enkel zo groot als een tennisbal en later al zo groot als een klein meloentje. Ik zei hem dat we snel naar huis moesten gaan en die enkel met een koud com-pres moesten behandelen. Berthold luisterde niet en bleef maar tieren en schelden.
Maar opeens was hij stil. Ik zag hem de fakkel oppakken en ermee langs de muur van het gewelf gaan. Daarna streek hij met zijn vinger over de muur. Het was doodstil, het enige dat je kon horen was het geflakker van de toortsen. Hij wenkte mij en toen ik bij de muur kwam, zag ik het in het oranje licht van de fakkel. In een van de stenen van het ge-welf waren letters en cijfers gehakt.

BOUILLON A.D. 1076

Katja, die ondanks het spannende verhaal een beetje lag te doezelen, was opeens klaarwakker en riep: 'Biljoen was Bouillon!'
Tom keek haar verwonderd aan.
'Waar heb je het over?', zei hij een beetje geïrriteerd omdat ze hem had onderbroken.
'Biljoen was Bouillon', zei Katja nog een keer. 'Dat stond op een van die briefjes van Wilfred die op het bureautje lagen. Ik denk dat het betekent dat het kasteel Biljoen vroeger Bouillon heeft geheten.'

'Zal ik het meteen even opzoeken op internet?', vroeg Tom.

'Nee, dat komt morgen wel. Ik ben trouwens best wel moe.'

'Het was ook wel een lange en bijzondere dag. Ik lees nog een klein stukje, oké?'

Hoofdstuk 21 *Bertholds zoektocht*

Na het incident met de vleermuizen en deze ontdekking, is Berthold veranderd. Behalve broers waren we altijd goede vrienden geweest en deden we heel veel samen.
Dat werd ineens anders.
Berthold ging bijna elke dag in zijn eentje naar de bibliotheek en sloot zich daarna dan op op zijn kamer met stapels boeken. De meeste van die boeken gingen over de kruistochten, de kruisridders en vooral over de Tempeliers. Hij begon in zichzelf te praten en mompelde dan halve zinnen zoals: Van Bouillon is hier geweest en heeft dit kasteel gebouwd. Biljoen was Bouillon. Ik moet de schat van de Tempeliers vinden.
Soms was hij overdag nergens te vinden en kwam dan 's avonds laat thuis met moddervlekken op zijn kleren en zand aan zijn handen. Onze moeder werd er gek van, niet alleen omdat hij zo vies was, maar ook omdat hij helemaal niets zei als ze hem vroeg wat hij gedaan had.

We kregen ook steeds vaker ruzie. Omdat ik mijn broer goed ken en wel zo'n beetje weet hoe hij denkt, kwam ik er bij stukjes en beetjes achter dat hij ervan overtuigd was dat het gewelf dat we gevonden hadden oorspronkelijk hoorde bij een kasteel van Godfried van Bouillon. Naar zijn idee had Van Bouillon dit kasteel een aantal jaren voordat hij op kruistocht ging, laten bouwen. Volgens Berthold zou de kruisridder later nog zijn teruggekeerd om het kasteel te zien en in Bertholds gedachte had hij misschien wel een schat begraven.

Ik heb een paar keer ruzie met hem gehad toen ik hem probeerde uit te leggen dat als er al een schat bestond, dat het in ieder geval niet de schat van de Tempeliers kon zijn. Godfried van Bouillon was een van de eerste kruisvaarders, maar hij had nooit tot de Tempelridders behoord. En ik had ook ergens gelezen dat hij juist zijn eigen kasteel in Lotharingen had verkocht om mee te kunnen doen met de eerste kruisvaart. Dus hij had nooit in die tijd een kasteel kunnen laten bouwen. Maar Berthold werd boos en wilde er niets van horen en ging gewoon door met zijn zoektocht.

Dat heeft nog een paar maanden geduurd, totdat onze ouders ons vertelden dat we gingen verhuizen naar Frankrijk. Ze hadden een bescheiden mooi huis gekocht in een klein dorpje aan de Dordogne. Ik zie nog de teleurgestelde en boze blik van Berthold, hij kon dus niet meer op schattenjacht. Maar grappig genoeg was deze verhuizing eigenlijk heel goed voor onze eigen vriendschap. Toen we daar gingen wonen, waren we veel op elkaar aangewezen omdat we ineens in een vreemd land waren en een vreemde taal moesten spreken. Ik heb Berthold geholpen Frans te leren, want door zijn leesblindheid is hij slecht in talen.

En ook hadden we niet veel andere kinderen om mee te spelen in het begin. Bigaroque is eigenlijk niet meer dan een gehucht en de paar mensen die er woonden, hadden geen kinderen. Aan de overkant van de Dordogne was Le Buisson, een iets grotere plaats, maar ook daar hadden we niet veel *vrienden. De leukste tijd in het eerste jaar dat we daar woonden was in de zomervakantie, want dan kwamen er heel veel Hollanders op de camping en hadden we vriendjes voor het uitkiezen.*

'Hé', zei Tom hardop. 'Dat is toevallig. Wij zijn daar ook een paar keer naar toe geweest met vakantie. Ik ken dat plaatsje Bigaroque. Dat was aan de overkant van de rivier, recht tegenover onze camping. Het is echt een middeleeuws dorpje, compleet met een oude ruïne bovenop de berg, waar je niet bij mocht komen. Ik vond dat toen nog zo jammer, want…'

Terwijl hij dit vertelde keek hij op van het Nachtboek en zag dat Katja met haar mond open op de bank lag te slapen. Ze lag in een onmogelijke houding en snurkte een beetje.

'Misschien is het ook maar beter als we gaan slapen', mompelde Tom in zichzelf. Hij stak zijn pointer in zijn ene zak en het Nachtboek in zijn andere en tilde Katja met moeite op.

'Dit is niet goed voor mijn rug', dacht hij nog en ging de trap op met zijn lichtsnurkende, zware last.

Boven aangekomen, legde hij Katja op het bed in de logeerkamer en trok het dekbed over haar heen.

'Truste', fluisterde hij en ging naar zijn eigen kamer.

Hoofdstuk 22 *OchtendToms*

De volgende ochtend was Katja vroeg wakker. Ze vroeg zich even af waar ze was en hoe het kwam dat ze al haar kleren nog aan had. Maar toen ze zag dat ze in de logeerkamer was bij Tom thuis, had ze binnen twee seconden alles wat gisteren gebeurd was weer op een rij. Ze kleedde zich snel uit en ging op weg naar de douche. Katja logeerde vaak bij Tom, dus ze wist precies de weg in Toms huis. Nadat ze gedoucht had, liep ze direct naar zijn kamer.

Tom zat achter zijn computer, zoals gewoonlijk. Maar toen Katja hem op zijn schouders tikte en hem net wilde vertellen wat ze allemaal gedroomd had, viel hij ineens met zijn hoofd op het toetsenbord. Katja schrok zich een rolberoerte! Ze wilde hem net heen en weer schudden om te kijken of hij nog leefde, toen ze zag wat er aan de hand was. Opeens kwam er een brede glimlach om haar lippen. Er was niets met Tom aan de hand, en hij had niet ál achter zijn computer gezeten, hij had er nóg gezeten en was rechtop in slaap gevallen!
Naast zijn toetsenbord onder een paarse lamp lag het Nachtboek open en Tom was kennelijk die nacht doorgegaan met het verhaal.
Katja keek naar het computerscherm. Dat stond vol met

tekst. Zou Tom het hele Nachtboek overgeschreven hebben? Opeens zag ze dat het scherm vol bleef lopen met letters en ze hoorde een irritant gepiep. Waar kwam dat nou vandaan? Tom opende op dat moment één bloeddoorlopen oog en keek daarmee een beetje verdwaasd zijn kamer rond. Zijn linkerhand ging naar zijn hoofd en hij tilde voorzichtig zijn hoofd op aan zijn haren. Het irritante gepiep hield op, evenals de letterstroom op het scherm.

'Gbendelenagdoggegan', mompelde hij naar Katja.

Katja, die door haar logeerpartijen bij Tom vrij goed OchtendToms verstond, had dat al begrepen.

'De hele nacht doorgegaan, wow. Heb je het hele dagboek kunnen lezen?'

'Ngboek, svoralveelbeschrijving, wrdaneteindheelspannend', mompelde Tom weer en nu ging ook zijn tweede oog open. Dat had hij beter dicht kunnen houden, want de zon scheen al fel de kamer in.

'Ai, veellig, kgadouche, benzotrug', zei hij en strompelde in de richting van de gang.

Katja, die niet aan Toms computer wilde komen omdat ze daar al eens ruzie over hadden gehad, besloot naar beneden te gaan en te kijken of ze iets aan een ontbijt kon doen.

Het hele huis was nog in rust en Katja had alle tijd en gelegenheid om voor hun tweeën een lekker ontbijtje te maken en dat mee naar boven te nemen.

Toen ze boven kwam, was Tom al aangekleed en leek weer een beetje op zichzelf.

Ze ontbeten zwijgend.

Katja, omdat ze honderd-en-één vragen had en niet wist waar ze moest beginnen.

Tom, omdat hij nog niet helemaal wakker was en altijd een beetje tijd nodig had om aan de dag te wennen.

Na het eten wilde Katja de eerste van de honderd-en-één vragen gaan stellen, maar Tom gebaarde dat hij nog even rust wilde. Hij liep naar zijn computer en ging zitten. Hij mompelde wat tegen zichzelf, klikte een paar keer met zijn muis en begon als een razende te tikken.

Katja, die wel zag dat ze nu toch niets kon vragen, bracht het ontbijtservies naar beneden en stopte het in de afwasmachine. Omdat er nog niemand naar beneden was gekomen, ging ze naar buiten met de hond van Toms ouders en liep een paar blokken rond.

Toen ze weer terugkwam in de straat zag ze dat Tom voor zijn raam stond en haar wenkte.

Ze holde de keuken in, maakte de riem los van de hond en holde de trap op naar Toms kamer.

Tom stond bij zijn computer en keek Katja grijnzend aan toen ze zijn kamer binnenstruikelde.

'En? Wat weet je allemaal? Is Berthold een boef? Hebben ze een schat gevonden? Is Wilfred achter een geheim gekomen en is hij daarom ontvoerd?', ratelde ze hijgend naar adem.

'Ik denk dat ik een heel eind ben gekomen', zei Tom rustig. 'Ga zitten en dan zal ik je vertellen wat ik weet. Ik heb niet alles uitgewerkt, er stonden heel veel beschrijvingen in van de Dordognestreek en van de kastelen daar, en die heb ik overgeslagen. Maar de belangrijke dingen heb ik op de computer staan.

Ik bedacht me vannacht opeens dat mijn vader nog zo'n blauwe lamp had waarmee je vals geld kunt opsporen en die was natuurlijk veel gemakkelijker te gebruiken dan mijn pointer. Bovendien raakte mijn batterij bijna leeg.'

Katja was met tegenzin op Toms leesstoel gaan zitten en zat nu op de punt heen en weer te wippen van nieuwsgierigheid.

'Vertel op! Of mag ik het zelf gaan lezen op je computer?'

'Je lijkt Kabouter Spillebeen wel met je heen en weer gewip! Nee, als je het niet erg vindt, zal ik het in het kort vertellen en die bladzijden met je doorlezen die ik denk dat belangrijk zijn. Ik heb een soort uittreksel gemaakt en alle getekende aanwijzingen in het Nachtboek heb ik geprobeerd over te trekken. Die heb ik daarna met de foto's die erin stonden, gescand en ook op mijn computer gezet. Ik heb het net allemaal uitgedraaid en als je wilt kun je, terwijl je luistert, ook nog meelezen. Oké?'

Hij gaf Katja een stapel papier en ze was verwonderd over hoeveel bladzijden het nog waren. Hij moest wel heel hard gewerkt hebben vannacht! Ze voelde zich eigenlijk wel een beetje schuldig.

'Je hoeft je helemaal niet schuldig te voelen', zei Tom. 'Ik was veel te opgewonden over de afgelopen dag en ik kon toch niet slapen. En ik zit zo vaak tot diep in de nacht achter mijn computer. Dit nachtje kon er best nog bij en bovendien, het is vakantie, toch?'

Katja knikte een beetje schaapachtig en wist niet precies waarom ze zich toch nog een beetje ongemakkelijk voelde. Was het omdat hij weer haar gedachten raadde of omdat ze zelf de hele nacht had liggen slapen?

Hoofdstuk 23 *Toms verslag*

'Een heel groot deel van het Nachtboek gaat over hoe Wilfred zijn tijd doorbrengt in de Dordogne. Er is veel beschrijving van de streek en hoewel ik dat zelf heel leuk vond, denk ik dat jij erbij in slaap zou vallen. Het is alleen maar interessant als je daar ook zelf bent geweest. Wat me vooral aansprak, was wat hij schrijft over de bezoeken aan de Middeleeuwse kastelen in de streek, zoals Beynac en Castelnaud. Dat zijn hele oude burchten die aan de Dordogne-rivier bovenop de rotsen zijn gebouwd. Die zijn nog echt heel mooi en spannend en er is daar heel veel gevochten in de 100-jarige oorlog.'

Katja keek verwonderd op. 'Had Frankrijk 100 jaar oorlog met Spanje? Ik dacht dat wij het record hadden met onze 80 jaar.'

Tom keek een beetje verstoord op.

'Nee joh, de 100-jarige oorlog tussen Frankrijk en Engeland!'

Katja keek Tom verwonderd aan.

'Het is niet zo gek dat je daar niets van weet, hoor', voegde Tom haastig toe toen hij zag dat hij het misschien een beetje te kribbig had gezegd. 'Ik weet er ook pas van sinds ik op vakantie in die streek ben geweest. Om nu een heel lang verhaal kort te maken, de Engelsen en de Fransen hebben eeuwenlang met elkaar gevochten. En de belangrijkste oorlog tussen die twee noemt men de 100-jarige oorlog en die werd vooral in de Dordogne-streek uitgevochten. Daarom staat er daar zo'n beetje op elke hoek van de rivier een kasteel. En in het plaatsje Bigaroque, waar Berthold en Wilfred woonden, staat ook zo'n kasteel. Nou ja, eigenlijk alleen nog de ruïne van dat kasteel.

Je kunt je misschien voorstellen dat Berthold en Wilfred het daar enorm naar hun zin hadden. Ze trokken er veel op uit om die kastelen te bezoeken.
Wilfred gewoon omdat hij het leuk vond en Berthold omdat hij hoopte op een spoor van de schat van de Tempeliers die hij nog steeds wilde vinden. Grappig is dat datgene wat Berthold zocht, zo'n beetje in hun eigen huis verborgen was.'
'Wat vertel je me nou? Is er echt een schat van de Tempeliers verborgen?'
'Luister maar, het wordt heel spannend. Dit speelt als Wilfred en Berthold al een heel stuk ouder zijn en zoveel ruzie krijgen, dat ze niet meer bij elkaar willen wonen. Dit is een heel bijzonder stukje uit het Nachtboek.

Na onze zoveelste ruzie heb ik besloten om naar Nederland terug te gaan. We zijn gisteravond door het huis gelopen om te kijken wat elk van ons wil behouden.
Omdat Berthold in het huis wil blijven wonen, mag hij alle grote stukken laten staan. De grote tafel en alle apparaten, zoals de koel- en vrieskast en de tv's en het stereomeubel. Ook alle grote kasten mag hij houden, op één na. Dat is de kast met het mooie houtsnijwerk die in de oude keuken staat.

Verder wil ik alleen nog een paar speciale dingen houden die me aan mijn ouders herinneren, vooral de mooie schilderijen van mijn moeder en de vulpen en boeken van mijn vader.'

'Zou dat die kast zijn die in zijn huis in de bijkeuken staat?', zei Katja scherpzinnig.
'Stil nou even, je krijgt zo antwoord op al je vragen. Ik sla even een paar weken over en begin bij de verhuizing.

De verhuizers zijn zeker een paar uur bezig geweest met de grote kast los te halen. Het bleek dat hij verankerd was in de muur. En niet zonder reden. Toen de kast loskwam van de muur zat er een groot gat achter.
Eerst dachten we dat het een grot was. Er zijn veel prehistorische grotten in de Dordogne-streek, zoals de grotten van Lascaux en nog dichterbij die van Les Eyzies en Promeyssac.
Nadat Berthold de verhuizers had weggestuurd met de kast, zijn we gaan kijken. Het was geen grot, het leek meer op een gang die uitgehakt was in de grote rots achter ons huis, waarop de ruïne van het oude kasteel stond. Met onze zaklampen zijn we de gang ingegaan. Hij liep een beetje schuin omhoog in de richting van de oude ruïne van Bigaroque. Berthold was opgetogen en fluisterde honderduit tijdens onze tocht door de gang.
Hij was er zeker van dat het een oude vluchtgang was voor de bewoners van het kasteel. Hij vond het altijd al jammer dat er niets meer over was van die oude ruïne van het kasteel. Het kasteel zou gebouwd zijn ver vóór de 100-jarige oorlog en in 1625 op bevel van Kardinaal Richelieu zijn verwoest.'

'Kardinaal Richelieu? Dat was toch die tegenstander van de drie Musketiers?', fluisterde Katja in Toms oor terwijl ze over zijn schouder meelas.

'Ja, dat weet ik niet hoor!', zei Tom verstoord omdat hij schrok van Katja's fluisterend getoeter in zijn oor en omdat ze hem weer onderbrak. 'Ik denk dat de drie Musketiers er deze keer niets mee te maken hadden, die zaten toen vast gezellig een wijntje te drinken aan de overkant op de camping.'

Katja keek hem eerst ongelovig aan en schoot toen in de lach.

'Oké, ik houd mijn mond wel, lees maar door.'

'Het was een lange gang, die ophield bij een oude houten deur. Het was zo'n deur die in de middeleeuwen werd gebruikt door de wachters van het kasteel, compleet met een deurspion.'

Tom voelde Katja naast hem verstrakken omdat ze weer wat wilde zeggen. Dit keer zou het vast gaan over de deur in de bijkeuken van het huis van Wilfred. Hij keek haar aan en knikte.

Katja hield haar mond en gaf Tom het gebaar om door te lezen.

'De deur was erg oud, maar zag er uit alsof hij nog honderden vijanden kon tegenhouden. Berthold wilde teruggaan om gereedschap te halen om de deur te forceren, maar toen ik er tegenaan duwde, draaide hij gewoon open.
Berthold liep me direct voorbij en stapte naar binnen. Het was er pikdonker, maar met onze krachtige zaklantaarns

duwden we als het ware het donker opzij. We schenen in een kleine ruimte die leek te zijn uitgehakt in de rotsen. Het had ruwe wanden en een oneffen vloer en in het midden stond een groot blok steen, dat op een altaar leek.

Mijn eerste gedachte was, dat deze ruimte een kleine kapel was die vroeger gebruikt werd door de bewoners van het kasteel. Ik wilde de ruimte verder gaan onderzoeken om te kijken of ik gelijk had, want als dat zo was, dan moest er nog een toegang zijn tot de kapel en wel vanaf de bovenliggende ruïne. En mogelijk was dan de gang naar ons huis vroeger gebruikt als vluchtgang vanaf het kasteel.

Ik wilde net op onderzoek uitgaan toen Berthold me bij mijn schouder greep en met zijn lantaarn naar het altaar wees. Op het stenen blok stonden twee kaarsen aan beide zijden en toen Bertholds lichtbundel de grote steen bescheen, zagen we dat er tussen de kaarsen een grote leren koker lag. Berthold pakte hem direct op en probeerde met zijn zaklamp in zijn mond de koker open te maken, terwijl ik met mijn aansteker de kaarsen aanstak. Dat lukte wonderwel, terwijl je kon bedenken dat die kaarsen misschien wel honderden jaren niet meer waren aangestoken.

Nu de kaarsen aan waren en ik hem kon bijlichten, was het voor Berthold eenvoudiger om de koker open te maken. Het flakkerende licht van de kaarsen wierp enorme trillende schaduwen van ons beiden op de rotswanden van de onderaardse ruimte. Ook in het echt trilden Bertholds handen toen hij probeerde de koker open te maken. De koker was aan de bovenkant voorzien van een deksel die met riemen was vastgemaakt. Een van de riemen was verzegeld met rode lak waarin je duidelijk een symbool kon zien. Voordat ik kon bekijken wat het voorstelde, had Berthold het al verbroken en viel het zegel in twee stukken op de grond. Ik raapte ze op en stak ze in mijn zak terwijl Berthold het deksel lostrok.

In de koker zaten een paar rollen perkament en Berthold rolde ze voorzichtig uit op het altaar terwijl ik hem bijscheen. De eerste regels waren in een schrift dat ik niet direct herkende.'

'Hé, je hebt er een afdruk van een fotootje bijgezet', zei Katja, die allang weer was vergeten dat ze stil zou zijn.

'Ja dat klopt, ik heb de foto's die in het Nachtboek waren geplakt, onder de scanner gelegd en op de computer erbij gevoegd.'

Katja keek bewonderend naar Tom. Tom keek niet terug, hij vond dat heel gewoon en hij wilde doorgaan met zijn verhaal.

'Luister nou, dit is gaaf.

Het handschrift was priegelig en schokkerig en ik dacht dat het Oud-Middeleeuws was.

Gelukkig had ik zoals gewoonlijk mijn oude kleine Olympus-camera bij me en nam een foto van de eerste pagina. Even was de ruimte hel verlicht door mijn flits. Dat had ik beter niet kunnen doen. Berthold duwde me weg en begon me uit te schelden en beval me de ruimte onmiddellijk te verlaten. Alles was nu zijn eigendom immers en ik had hier niets meer

106

te zoeken. Hij was zo buiten zichzelf van woede dat ik het beter vond inderdaad te vertrekken. Als Berthold in zo'n bui is, is hij niet meer zichzelf en dan kun je beter uit zijn buurt zijn. Ik vond het jammer van het perkament, maar iets zei me dat ik het heel spoedig terug zou zien.'

Hoofdstuk 24 *De boodschap op het perkament*

Tom keek Katja aan en wachtte geduldig op haar reactie. Katja keek naar de foto van de pagina en er kwam een frons tussen haar wenkbrauwen.

'Heb jij al uitgepuzzeld wat daar staat?', vroeg ze.

'Nee, daar heb ik nog niet echt tijd voor gehad en het leek me leuker om het samen met jou uit te zoeken.'

'Tof! Het lijken me oude letters en misschien is het wel echt Middeleeuws, maar ergens komen ze me ook wel bekend voor. Alleen die eerste letters zijn echt vreemd, de rest is wel anders, maar…' Ze draaide de pagina met de afbeelding van de boodschap eerst ondersteboven en toen weer gewoon. Tom wachtte af en gaapte. Katja was veel wakkerder dan hij. Katja draaide de pagina om en hield hem tegen het licht dat door Toms slaapkamerraam naar binnenkwam. Door het papier heen kon je Toms getypte letters vrij goed zien, maar niet de woorden op de afbeelding.

'Het zou toch niet', prevelde Katja. Ze fronste haar wenkbrauwen, beet op haar lip en draaide de pagina weer terug zodat ze de tekst goed kon lezen.

'Het lijkt wel, hmm… Leonardo!', zei Katja. Ze keek Tom aan en haar frons werd dieper. Plotseling stond ze op en holde de kamer uit.

'Hé!', zei Tom. 'Wat ga je doen?'

Maar Katja was al verdwenen. Hij hoorde haar naar de badkamer lopen en allerlei lades opentrekken. Tom zuchtte, hij was te vermoeid om achter haar aan te gaan en er iets van te zeggen. En waarom had ze hem Leonardo genoemd? Hij staarde nog een keer naar de letters, die na een tijdje begonnen te dansen voor zijn ogen. Hij zakte op zijn stoel en wreef in zijn ogen. Hij was gewoon te moe om dit raadsel op te lossen. Hij sloot zijn ogen en dacht aan de vakantie…

… hij ging terug naar het oude kasteel van Beynac bovenop de berg, waar je kilometers ver over de rivier de Dordogne kon kijken en waar hij nu ook de ridders en schildknapen van de vijand kon zien aankomen die het kasteel gingen bestormen. Hij kon duidelijk hun wapenrustingen en glimmende helmen onderscheiden. Hij schreeuwde naar zijn mannen dat ze de potten met gloeiende teer klaar moesten zetten om de Engelsen tegen te houden en dat ze zich niet ongerust moesten maken, want het kasteel was onmogelijk in te nemen! Hij gaf de boogschutters opdracht de kruisbogen gereed te houden en pas te schieten als de vijand dicht genoeg bij was om hen te raken. Hij wilde net zijn jonkvrouw een kus geven en haar geruststellen, toen iemand ineens 'Leonardo Da Vinci!' riep. Ridder Tom begreep het niet, Leonardo Da Vinci had op zijn kasteel niets te zoeken. Hij wilde net zeggen dat er in oorlogstijd niets viel te schilderen en dat hij daar nu zeker geen geld aan wilde uitgeven, toen hij ruw op zijn schouder werd getikt. Ridder Tom trok zijn zwaard om de lastpak eens goed een lesje te lezen, toen hij ineens terug was in zijn kamer en Katja aan zijn schouder stond te rukken.

'Leonardo Da Vinci!', zei Katja triomfantelijk en haar kat-te-ogen hadden pretlichtjes. 'Ik wist dat ik zo'n handschrift al eens had gezien in de boeken van mijn vader. Leonardo Da Vinci schreef ook zo in zijn aantekenboeken! Iedereen dacht dat het geheimschrift was, maar het was gewoon...'
Tom had het nog niet meteen door, maar toen hij zag dat Katja de scheerspiegel van zijn vader in haar hand had, begreep hij het direct.
'Spiegelschrift!', mompelde hij eerst nog een beetje slaap-dronken en toen plotseling klaarwakker. 'Dat ik dat niet meteen gezien had.'
'Gelukkig maar, anders had ik mijn hersentjes wel thuis kunnen laten', zei Katja poeslief en een beetje trots.
Tom zat onmiddellijk rechtop in de stoel en pakte de blad-zijden met aantekeningen. Katja hield de spiegel voor de foto met daarop de geheimzinnige tekst.

In de spiegel zagen ze opeens woorden die hele duidelijke zinnen vormden.

als u reeds zoverre gekomen bent
heeft ge uzelve bewezen als een bekwame vent
dit geschrift is niet voor eenieder te lezen
alleen voor hen die hun evenbeeld niet vrezen

Katja fluisterde eerbiedig de oude woorden na:

'Als u reeds zoverre gekomen bent
Heeft ge uzelve bewezen als een bekwame vent
Dit geschrift is niet voor eenieder te lezen
Alleen voor hen die hun evenbeeld niet vrezen'

'Een bekwame vent!', riep ze daarop verontwaardigd uit. 'Alsof een meisje dit niet zou kunnen lezen!'

Tom zei eerst niets en liet haar even doormopperen. 'Alleen voor hen die hun evenbeeld niet vrezen', zei hij bedachtzaam. 'Als je in de spiegel kijkt, zie je je evenbeeld, je spiegelbeeld dus eigenlijk. Ik denk dat het hele perkament in spiegelschrift is geschreven. En dat verklaart ook waarom Berthold het later weer aan Wilfred heeft gegeven toen hij niet verder kwam met het te ontcijferen.'

'Wat zeg je me nou?', sprak Katja, die net klaar was met mopperen. 'Heeft Wilfred het perkament van Berthold terug gekregen?'

'Ja, maar dat is een aantal jaren later. Zal ik maar eens doorgaan met mijn uittreksel uit het Nachtboek?'

'Maar wie heeft dat perkament geschreven en hoe kan het dat wij dat gewoon kunnen lezen, het is toch Middeleeuws vanuit die 100-jarige oorlog van Frankrijk tegen Engeland en wie heeft er eigenlijk gewonnen en met hoeveel en dan moet het toch Frans of Engels zijn en waarom kon Berthold het niet lezen en…

… en, ze hadden toch ruzie?', ratelde Katja eerst en was toen ineens stil.

Tom keek haar glimlachend aan en zei toen heel bedaard: 'Alleen voor hen die nu hun geratel kunnen stoppen, kom ik met de rest van het verhaal op de proppen…'

Hoofdstuk 25 *Het werk van Wilfred*

'Het verhaal stopt in Frankrijk en gaat verder als Wilfred weer terug is in Nederland. Hoewel hij het geld niet nodig heeft, gaat hij werken als restaurateur van oude boeken bij het Gemeentemuseum. Hij koopt het huis op de Beethovenstraat en noemt het in alle bescheidenheid 'Eeghenstein'. Als hij er al een aantal jaren woont, krijgt hij op een dag opeens bezoek van Berthold. Ze hebben al die jaren geen contact gehad en het wordt dan ook geen leuk weerzien. Berthold laat duidelijk merken dat hij de keus van het huis en de naam Eeghenstein niet kan waarderen. Ook schrijft Wilfred in zijn Nachtboek dat Berthold hem uitlacht als hij vertelt dat hij een baan heeft, want 'een Van Eeghen hoeft niet te werken voor zijn geld'. Maar als Wilfred even later uitlegt wat hij doet, raakt Berthold ineens zeer geïnteresseerd en wil dan van alles weten over zijn werk en over het Gemeentemuseum.'

'Ooh?' Katja trok haar wenkbrauwen op en keek Tom nadenkend aan.

'Ik denk dat ik weet wat je wilt gaan zeggen,' zei Tom, 'maar wacht maar af, het wordt nog mooier dan jij kunt verzinnen.'

Katja was stil en beet op haar lip.

Tom vertelde verder.

'Berthold komt namelijk steeds vaker op bezoek bij Wilfred en elke keer gaat hun gesprek alleen maar over het Gemeentemuseum. Berthold vraagt Wilfred over de openingstijden, over de schilderijen die er hangen en welke er in de opslag staan. Hij stelt vragen over de rondes die de bewakers maken en hoe het museum beveiligd is tegen inbraak van buitenaf.'

Katja's wenkbrauwen schoten nog verder omhoog.

Tom zag dat onmiddellijk en zei: 'Luister, ik heb dit stukje uit het Nachtboek overgenomen omdat het zo veel duidelijk maakt.

Berthold heeft mij opnieuw honderduit gevraagd over de schilderijen die wij in het museum in opslag hebben staan. Ik vind het vleiend dat hij zoveel interesse heeft voor mijn werkzaamheden. Het is natuurlijk ook bijzonder dat we een aantal Van Goghs in bruikleen hebben voor de grote expositie van volgende maand. Ik heb al veel werk verzet voor 'Van Gogh in herhaling', alhoewel het niet tot mijn normale taken behoort. Ik begin mijn werk steeds leuker te vinden en ik denk dat ik een goede kans maak om assistent-conservator te worden van het museum. Ik heb het schilderij de 'Zonnebloemen' van Van Gogh mogen uitpakken, dat we uit Tokio hebben ontvangen. Van Gogh heeft een aantal kopieën van zijn eigen werk gemaakt en dit is het vijfde exemplaar van de 'Zonnebloemen'. Het is vooral bijzonder omdat het niet helemaal zeker is of het werk echt van Van Gogh is. Er zijn kunstcritici die beweren dat het een vervalsing is. Dit laatste heb ik niet aan Berthold verteld toen hij precies wilde weten wat het schilderij waard was en hoe het beveiligd zou worden.

113

In plaats van verdere vermeldingen, zat er een krantenknipsel in het Nachtboek, kijk', zei Tom en gaf Katja een stukje vergeeld papier.
'Geheimzinnige inbraak in het Gemeentemuseum', las Katja vol ontzag.

'In het afgelopen weekeinde is het schilderij de 'Zonnebloemen' van Van Gogh ontvreemd uit het Gemeentemuseum. Het exacte tijdstip van de diefstal is niet bekend, aangezien er geen sporen van inbraak te vinden zijn en niemand iets heeft gehoord of gezien tijdens het weekeinde. Het schilderij was op het moment van de diefstal nog niet opgehangen voor de expositie, maar stond nog in de opslagruimte. Deze ruimte is niet zwaar beveiligd en alle sporen (of het gebrek daaraan) wijzen erop dat de dieven op de hoogte waren van de beveiligingsvoorzieningen van het museum. De camera's hebben geen beelden opgenomen omdat ze eenvoudigweg met tape zijn afgeplakt en de combinatiesloten op de deuren en ramen zijn niet geforceerd. Er wordt nader onderzoek gedaan onder de medewerkers van het museum. Het schilderij de 'Zonnebloemen' is in bruikleen gegeven door een museum in Japan. Het is miljoenen waard ondanks het feit dat het niet zeker is of het een vervalsing is of dat het een kopie is die gemaakt is door Vincent zelf. Vincent van Gogh heeft een aantal kopieën of 'herhalingen' gemaakt van zijn 'Zonnebloemen'. Het doek uit Tokio echter, draagt niet zijn handtekening en er zijn veel critici die beweren dat het niet door Van Gogh zelf is vervaardigd.

Zo, dat is heftig nieuws', zei Katja. 'Toevallig ook dat Berthold allerlei informatie van Wilfred wilde hebben en dat kort daarna het museum werd bestolen.'

'Dat is ook mijn conclusie en ik denk dat Wilfred daar ook erg mee in zijn maag zat, maar afgezien van dit krantenknipseltje schrijft hij er verder niets over.'

'Wel grappig dat hij misschien wel een vervalsing heeft gestolen. Hij zal zeker des duivels zijn geweest toen hij dat in de kranten las', grinnikte Katja.

'Nou, zo grappig was dat niet. Ik zal je vertellen wat er verder gebeurde. Berthold is weken na de inbraak niet meer bij Wilfred op bezoek geweest. Misschien was hij bang dat zijn broer dezelfde conclusie had getrokken als wij, namelijk dat hij de dief was van de 'Zonnebloemen' uit het Gemeentemuseum.

Maar plotseling stond hij op een dag weer voor de deur en was in een bijzonder slecht humeur. Hij vertelde Wilfred dat hij in Frankrijk wat geldproblemen had gekregen en dat hij weer in Nederland wilde wonen om hier zijn hobby te gaan beoefenen, de handel in kunstvoorwerpen en schilderijen. Uiteraard was 'Eeghenstein' groot genoeg voor hen beiden en hij wilde de volgende week al bij Wilfred intrekken.

Wilfred, die normaal gesproken eigenlijk wel bang is voor zijn broer, heeft hem toen verteld dat hij geen enkele behoefte had om zijn broer bij hem in huis te hebben en vroeg hem onmiddellijk te vertrekken. Ze hebben toen zo'n enorme ruzie gekregen dat Wilfred heeft gedreigd Berthold aan te geven bij de politie omdat hij vermoedde dat zijn broer schuldig was aan de diefstal van het schilderij. Berthold werd toen heel stil en fluisterde bij het verlaten van het huis

heel gemeen dat als hij door de politie zou worden opgepakt, dat Wilfred er op kon rekenen dat Berthold de politie
en het museum zou vertellen dat hij medeplichtig was aan
de roof doordat hij hem alle informatie had verstrekt over
het beveiligingssysteem.'

'Wat een vuile, vuile...', verder kwam Katja niet, zo verontwaardigd was ze. 'Hij dacht alleen maar dat zijn broer geïnteresseerd was in zijn werk!'

'Tja, het is een fijn tiepje, die Berthold. Maar luister, ik heb
hier weer een mooi fragment uit het Nachtboek, dat je zal
aanspreken.'

*Ik hoop dat ik Berthold nooit meer zal zien. Het is raar dat je
je eigen broer gaat haten, maar zijn vreemde gedrag begint
nu uit te groeien tot misdadigheid. Dan was het rustiger
toen hij achter de schat van de Tempeliers aanzat. Ook
vreemd, maar in ieder geval niet crimineel. De gedachte aan
de schat deed me ook weer denken aan onze laatste dag in
Frankrijk en aan de koker met de perkamenten. Wat jammer
dat ik niet de kans heb gekregen die verder te bestuderen.
Plotseling herinnerde ik me het zegel dat in stukken op de
grond was gevallen toen Berthold de koker openmaakte. Ik
wist dat ik die zegelstukken in mijn zak had gestoken en
later in het oude bureau van mijn vader had neergelegd in de
middelste lade. Het bureau was een extraatje dat Berthold
heeft nagestuurd uit Frankrijk toen hij weer eens in een
vriendelijke bui was. Met het bureau had hij ook de oude
deur meegezonden die voor de uitgehakte gang naar de
ruimte onder het kasteel had gezeten. Hij schreef dat hij de
gang had laten dichtmetselen omdat hij het geheim van de
perkamenten rollen grotendeels had opgelost en dat hij de*

zoektocht zou voortzetten in Nederland. Ik was toen teleur-gesteld, maar nu moest ik ineens weer denken aan het zegel. Ik rende naar boven naar mijn werkkamer waar het oude bureau nu stond en opende de lade. De stukken lagen nog op dezelfde plaats waar ik ze zoveel jaren geleden had neerge-legd. Toen ik ze onder de bureaulamp aan elkaar legde, zag ik een vreemde figuur. Het leek wel een ster, maar dan wel een die ik nog nooit eerder had gezien.

'De negenster!', fluisterde Katja, die bijna ademloos had geluisterd naar Toms verhaal.

Hoofdstuk 26 *Het geheim van de kast*

'Daar ben je snel achter', sprak Tom bewonderend. 'Het was inderdaad de figuur van het Enneagram dat op het zegel stond. Maar het gaat nog boeiender worden, luister:

De ster bestond uit een vreemde constructie, het waren eigenlijk twee sterren ineengevlochten en hij had negen punten. Ik had het gevoel dat ik die ster al eens eerder had gezien, maar ik kon me niet herinneren waar dat was.
Ik dacht even dat ik hem was tegengekomen bij mijn werk als restaurateur, want dan zie ik vele oude boeken en perkamenten. Maar plotseling wist ik het weer, ik had die figuur ook al eens eerder gezien en wel gewoon in mijn eigen omgeving.'

'Op de kast die hij heeft meegenomen uit Frankrijk', fluisterde Katja weer.
Tom keek direct op van zijn papieren. 'Jij bent vandaag wel bijzonder op dreef. En ben je soms je stem verloren? Ik heb je nog nooit zoveel horen fluisteren.'
Katja keek hem verontwaardigd aan. 'Mag ik ook eens een keer fluisteren? Ik vind het hartstikke spannend. En omdat jij nou alles al gelezen hebt en bijna alles al weet, mag ik toch ook wel slimme dingen bedenken?'

Plotseling zweeg ze weer omdat ze opeens bedacht dat Tom dit allemaal kon vertellen doordat hij de hele nacht was opgebleven.

Ze wilde net haar excuses aan gaan bieden toen ze de pretlichtjes in Toms ogen zag.

'Ik zit je alleen maar een beetje te stangen, gekkie', zei hij. 'Ik meen het als ik zeg dat je slim meedenkt. Toen ik het allemaal uittypte, had ik geen idee hoe het allemaal in elkaar zat en ik heb alleen maar dom alle feiten op een rijtje gezet. Door jouw opmerkingen krijg ik zelf ook een beetje het idee hoe het allemaal in elkaar grijpt. Het lijkt wel of we een bepaalde richting in worden gestuurd.'

Katja kreeg een kleur en wilde Tom wel zoenen. In plaats daarvan zei ze: 'De weg van de getallen van negen...'

'Zo had ik het nog niet bekeken, maar nu je het zegt, het is net of we met Wilfred de weg van de getallen van negen volgen. En inderdaad, Wilfred herinnert zich de figuren op de kast.

Ik ben weer naar beneden gegaan naar de bijkeuken. Daar stond de oude kast uit Frankrijk naast de oude deur die ik wilde plaatsen tussen de keuken en de bijkeuken. Ineens zag ik het, naast het sleutelgat zat een houtsnede van dezelfde negenster.

Ik had al die jaren niet meer naar de kast gekeken, maar nu ging ik hem grondig onderzoeken. Aan de buitenkant was niets bijzonders te ontdekken, afgezien van het fraaie houtsnijwerk en de middeleeuwse figuren. De binnenkant van de kast leek op het eerste gezicht ook geen geheimen te hebben, behalve dan dat het een enorme ruimte was, waar je gemakkelijk in kon lopen.'

'Heeft hij het geheim van de kast ontdekt?', zei Katja met ontzag in haar stem. 'Maar hoe heeft hij de volgorde van de cijfers kunnen vinden?'

'Ja, hij heeft ontdekt dat de achterwand zich kan delen en dat er een opening ontstaat. Hij wist natuurlijk dat de kast toegang moest kunnen geven tot de gang naar de oude kapel onder het kasteel in Bigaroque. Maar hoe dat in zijn werk ging, wist hij nog niet. Hij heeft het reliëf ontdekt in de kast en is verder gaan zoeken naar informatie. Hij had geen internet zoals wij, maar hij kon natuurlijk beschikken over heel veel oude boeken en ook heel veel tijd. Hij heeft uiteindelijk een figuur van een Enneagram gevonden in een oud boek en heeft toen alle tijd gehad om de volgorde van de cijfers uit te proberen. En hij heeft nog iets bijzonders ontdekt.'

'Wat dan?'

'Hier heb je een papiertje. Deel eens zeven door één.'

'Dat wordt gewoon zeven natuurlijk. Daar heb ik geen papiertje voor nodig.'

'Nee, ik zeg het verkeerd. Deel eens zeven op één.'

'Moet dat nou, ik ben al niet zo'n ster in rekenen en met getallen achter de komma wordt het helemaal een drama. Heb je geen rekenmachientje?', zei Katja. Maar toen ze zag dat Tom het werkelijk meende, pakte ze een potlood en een papiertje van Toms bureau en begon ze te rekenen.

'0,142857142857...', zei ze weifelend. 'En dat dan maar door en door, elke keer weer 142857. Maar dat is de volgorde van het Ennegram!'

'Precies!', zei Tom trots. 'Dat is wat Wilfred heeft uitgevonden. Hoe hij er achter is gekomen, beschrijft hij niet, maar het is wel bijzonder, toch?'

Katja bleef staren naar haar rekensom.

'Zo is rekenen bijna leuk', sprak ze met een glimlach op haar gezicht. 'Er moet gewoon een beetje geheimzinnigheid achter zitten, dan wil iedereen wel wiskunde leren. Misschien moeten we de leraar overhalen ons ook iets van numerologie te leren, dan wordt het vast een heel leuk vak.'

Ze staarde dromerig voor zich uit en dacht aan lichtblauwe zwevende getallen met een diepere betekenis die zichzelf aan haar verklaarden zodra ze een antwoord op een som wilde hebben.

'Ja, laten we vooral de exacte vakken een beetje zweverig maken, dan kunnen we met kristallen bollen veel gemakkelijker de constructie van een gebouw of brug uitrekenen dan met een computer. Worden ze lekker veilig van', sprak Tom een beetje spottend.

Katja was ineens weer terug op Toms kamer in Toms luie leesstoel.

Hoofdstuk 27 *Het besluit van Wilfred*

Katja was er weer helemaal bij en ging op het puntje van de stoel zitten.

'Wat heeft Wilfred gedaan toen hij achter het geheim van de kast kwam?'

'Toen hij uitvond dat de achterdeur zich kon delen, vond hij dat heel bijzonder, maar hij heeft er verder niets mee gedaan', zei Tom. 'Hij heeft de kast gewoon in de bijkeuken laten staan, maar hij heeft wel de oude deur in laten bouwen in de keuken.'

'Wat is er dan gebeurd dat hij besloten heeft om de bijkeuken uit te bouwen en de ruimte ernaast te gebruiken?'

'Luister eerst even naar dit fragment.

Tijdens het plaatsen van de oude deur in de keuken liepen werkmannen in en uit. Terwijl ik in de keuken koffie voor hen stond te maken en de nieuwe, oude deur bewonderde, werd ik ineens op mijn schouder getikt. Het was Berthold, die doodleuk mijn huis was binnengewandeld.

Ik had hem meer dan een jaar niet meer gezien. Toen ik hem net wilde zeggen dat ik niet op zijn bezoek gesteld was, legde hij zijn vinger op zijn lippen en gebaarde naar boven. Hij wilde me kennelijk iets vertellen dat niet voor andermans oren bestemd was.

Op mijn werkkamer legde hij een aantal rollen neer en keek me indringend aan. Hij vertelde me dat hij een heel eind was gekomen met het ontcijferen van de inhoud van de perkamenten rollen, maar dat hij niet verder kwam. Het leek hem een beter idee als ik dat van hem overnam en hem exact vertelde wat de inhoud was. Ik was immers de expert van de museumwereld?

Hij keek me boosaardig aan en vroeg me of ik dat ook wilde blijven. Ik vertelde hem dat ik niet wist wat hij bedoelde.

Ik zal die gemene grijns niet gauw vergeten toen hij zei, dat hij een anonieme brief had geschreven aan de directeur van het Gemeentemuseum waarin mijn medeplichtigheid aan de inbraak in het museum haarfijn uit de doeken werd gedaan. Hij had die brief nog niet gepost, maar in bewaring gegeven bij een klein hulppostkantoortje waar hij vaak kwam en waar men hem persoonlijk kende. Hij had dat gedaan met het uitdrukkelijke verzoek om de brief te versturen aan het eind van de maand augustus.

Dat gaf mij nu nog ruimschoots de tijd om de inhoud van de perkamenten rollen te ontcijferen en hem daarvan op de hoogte te stellen. Hij zou tussentijds nog een paar maal 'gezellig' langskomen om te luisteren naar mijn vorderingen.

Het was overigens niet nodig om de sloten te veranderen. Hij had zich het afgelopen jaar bekwaamd in het vak van slotenkraken en was daarin inmiddels nog meer expert dan ik dat van het museum dacht te zijn.

Ik wilde net verontwaardigd zeggen dat ik dat helemaal niet van mijzelf dacht, toen hij opnieuw zijn vinger op zijn lippen legde, zich met een gemene grijns omdraaide en de kamer uitliep.'

'Wat een gemene afperser!', zei Katja verontwaardigd. 'Hij is zelf te stom om die perkamenten te ontcijferen en nu gaat hij zijn bloedeigen broer met een brief bedreigen zodat hij dat voor hem gaat doen. Ik vind die Berthold een misselijk mannetje. Ze zouden hem…'

Maar verder kwam ze niet. Tom had zijn vinger op zijn lippen gelegd en keek haar met een vreemde grijns aan.

Katja schrok een beetje, ze moest ineens niet alleen aan Berthold denken, maar ook aan Ezechiël, het gebochelde mannetje. De albino die hen had gedreigd neer te steken met zijn degen en die van plan was geweest hen in de kast op te sluiten voor wie weet hoe lang. Misschien wel voor altijd!

'Ik denk dat Wilfred toen pas echt in de gaten kreeg dat zijn eigen broer niet alleen erg vreemd was, maar ook echt gevaarlijk', zei Tom. 'Hij is begonnen met het ontcijferen van de perkamenten en dat vond hij trouwens geweldig leuk werk. Minder prettig vond hij dat Berthold te pas en te onpas zijn huis binnenkwam om te vragen hoe ver hij gevorderd was in de tussentijd. Wilfred kon hem nog niet veel nieuws vertellen omdat hij bij de eerste van de rollen was begonnen en die informatie had Berthold zelf al ontcijferd. Maar Berthold werd steeds ongeduldiger en wilde dat hij opschoot en dat hij vooral aandacht zou besteden aan de laatste twee rollen, want daar kon hij geen wijs uit worden.

Berthold begon meer en meer te dreigen en één keer kregen ze bijna slaande ruzie. Hierbij werd Berthold zo boos, dat hij een mes tevoorschijn haalde en dat met een zwaai vlak naast de hand van Wilfred in het bureaublad mikte. Wilfred is toen zo geschrokken dat hij besloot dat hij een geheime werkkamer moest laten maken.'

124

'Ik zei het wel, die Berthold is een gevaarlijk ventje. Met mes-sen gooien naar onze Wilfred, hoe durft hij! Maar hoe kon Wilfred nou een geheime ruimte bouwen als Berthold zo vaak langskwam om te controleren?'

'Berthold had tijdens de ruzie gezegd dat hij de komende twee maanden naar Frankrijk zou gaan voor zaken en dat Wilfred nu nog exact zestig dagen de tijd had om zijn perkamenten te ontcijferen. Zo niet, dan zou hij de brief versturen naar het museum.'

Hoofdstuk 28 *Wilfred de kluizenaar*

Katja was weer op het puntje van de stoel gaan zitten en wilde net weer commentaar gaan leveren, toen Tom haar vroeg of ze wilde weten wat er in die perkamenten rollen stond.

Haar mond stond nog even een momentje open, maar klapte toen direct dicht.

Tom vervolgde: 'We weten dat Wilfred de geheime ruimte heeft laten maken. Hoe en wanneer maakt niet zo veel uit. Hij had het idee gekregen door het dagboek van Anne Frank en omdat Berthold niet kon weten dat de oude kast een geheime deur had, heeft hij de kast gebruikt als toegang. De oude deur van de bijkeuken naar de keuken heeft hij voorzien van een hypermodern cijferslot waarvan hij wist dat Berthold er nooit in zou slagen het te ontcijferen. En op de deur in de schutting van de tuin heeft hij twee stevige grendels laten zetten.

Wat ik heel slim vind is, dat hij aan de voordeur een verklikkertje heeft aangebracht dat een lampje zou laten branden in de geheime kamer als die werd opengemaakt. En ook onder een paar terrastegels buiten heeft hij een paar van die verklikkertjes aangebracht.

Op die manier kon hij er voor zorgen dat niemand in de bijkeuken kon komen als hij dat niet wilde of zonder dat hij dat wist. En hij kon nu zelf óf via de keuken, óf via de tuin het huis verlaten.

Toen hij net klaar was met alle werkzaamheden en toen hij zich helemaal had geïnstalleerd in zijn geheime kamer met eten en drinken genoeg voor een kleine week, kwam Berthold terug van zijn reis naar Frankrijk...'

'... en die heeft natuurlijk het hele huis doorzocht, maar kon onze Wilfred lekker niet vinden', vulde Katja ongevraagd aan.

Toms wenkbrauwen gingen omhoog. Waar kwam dat 'onze Wilfred' nou ineens vandaan?

'Inderdaad, Berthold heeft twee dagen lang het hele huis doorzocht en is zelfs over de schutting geklommen om via de tuin in de bijkeuken te komen. Het slot van de bijkeukendeur had hij natuurlijk zó open en hij was binnen. Daar heeft hij de kast opengedaan en toen hij niets vond, heeft hij tien minuten aan het cijferslot van de keukendeur zitten morrelen. Toen hij dat niet open kreeg, is hij vervolgens woedend en briesend weggegaan.'

'Wow, dat moet ontzettend spannend zijn geweest voor Wilfred!'

'Dat kun je wel zeggen, ja. Wilfred heeft daarna nog een paar dagen heel stil op zijn geheime kamer gezeten, waarbij hij maar af en toe werkte aan de inhoud van de perkamenten rollen, want hij was toch behoorlijk geschrokken. Maar toen de verklikkerlampjes maar uit bleven en Wilfred zich heel vies begon te voelen, is hij er uiteindelijk uit gegaan. In zijn huis was wel te zien dat Berthold alles had doorzocht, maar verbazingwekkend genoeg had hij het redelijk netjes achtergelaten.'

'Gelukkig maar, want als Wilfred zou hebben opgeruimd, dan was zijn broer er zó achter gekomen dat hij nog gewoon thuis was.'

Toms wenkbrauwen schoten weer omhoog. Dat was een slimme, maar vreemde opmerking voor Katja.

'Ja, ja, ja', zei Katja toen ze Toms verbaasde blik zag, 'ik weet ook wel dat ik niet zo erg van het schoonmaken ben, maar ik kan me zo voorstellen dat je handen jeuken om de rommel die je broer gemaakt heeft, op te ruimen. En dat zou niet zo slim zijn geweest, want dan zou Berthold meteen weten dat hij nog in huis is of in ieder geval in de buurt is. Het was natuurlijk Wilfreds plan om Berthold te laten denken dat hij gevlucht was.'

'Ja', zei Tom een beetje weifelend. Hij was echt even van zijn stuk gebracht door haar opmerking. Hij wist alleen niet zeker of dat kwam door de slimme conclusie van Katja of omdat ze zomaar eens had nagedacht over iets wat met schoonmaken te maken had.

'Ja, Wilfred heeft daarna een leven geleid als een kluizenaar. Hij heeft zich ziek gemeld bij zijn werk en verliet alleen heel stiekem zijn huis als het echt nodig was. Het voordeel hiervan was dat hij wel alle tijd had om zich bezig te houden met de perkamenten rollen.'

'Hèhè, ik dacht dat je daar nooit aan toe zou komen', zei Katja. 'Ik moet werkelijk elke keer slimme conclusies trekken uit jouw verhaal om er een beetje vaart in te krijgen. Nou vertel op, wat stond er op die rollen?'

Tom werd rood van verontwaardiging en wilde net naar adem happen om Katja eens goed de waarheid te zeggen, toen hij de pretlichtjes zag in haar ogen.

Net zoals Katja een paar minuten geleden, klapte zijn mond ineens dicht.

'Oké, juffrouw wereldwijs', sprak hij gewichtig, 'luister naar het geheim van de Perkamenten Rollen!'

Hoofdstuk 29 *De Perkamenten Rollen*

Tom bladerde door de stapel papieren die hij vanaf zijn computer had laten afdrukken. Katja ging weer op het puntje van de stoel zitten en probeerde met haar katte-ogen Tom te dwingen sneller te bladeren. Tom had dit totaal niet in de gaten en hield zijn eigen tempo aan.

Katja ging nog meer vooruit zitten, maar was vergeten dat ze al op het puntje van de stoel zat.

Bom, daar zat ze ineens op de grond.

Tom keek verstoord op van zijn papieren en wilde er net iets van zeggen, toen hij zag dat hij bij de inhoud van de perkamenten rollen was gekomen.

'Dit is niet de volledige inhoud van de perkamenten rollen', zei hij tegen Katja en hij moest een beetje lachen toen hij zag hoe ze morrend opkrabbelde van de vloer. 'Wilfred heeft er een uittreksel van gemaakt en daar heb ik ook weer een korte versie van gemaakt. Ik heb maar van een paar belangrijke dingen de letterlijke tekst uit het Nachtboek overgenomen.'

Toen hij zag dat Katja niets had toe te voegen en met een pijnlijk gezicht over haar achterste wreef, vervolgde hij zijn verhaal.

'Je vroeg je af hoe het kwam dat we die regels van dat perkament konden lezen, want die rollen moesten toch minstens honderden jaren oud zijn. Nou, dat is niet zo. De rollen zijn achtergelaten in de kapel aan het begin van de vorige eeuw, in 1917 om precies te zijn. Degene die de rollen achterliet, is gevlucht omdat er toen oorlog was in Frankrijk. Het is in het Nederlands omdat die persoon een Nederlander was en hij is ook gevlucht naar Nederland. De rollen zijn een verslag van de geschiedenis van een oud riddergeslacht en vertellen iets over het geheim van een oude ridderorde.'

Tom hield ineens op met praten en keek Katja verwachtingsvol aan.

Katja had ademloos geluisterd en begreep niet direct wat Tom bedoelde. Ze beet op haar lip. Plotseling had ze het!

'Het zal toch niet over die Ridder Van Schuijlenburg gaan en de Orde van de Negenster?', zei ze voorzichtig.

'Tien punten', zei Tom. 'Hoewel de Ridder in de oude rollen natuurlijk nog De Schuylenbourgh heette. Ja, en Wilfred komt er inderdaad achter dat de perkamenten rollen gaan over de familiegeschiedenis van die ridder en over de Orde van de Negenster.'

'Maar…', vervolgde Katja, 'nee, ga maar verder, ik ben het even kwijt, ik kom er zo wel weer op.'

'Wilfred heeft in zijn Nachtboek heel weinig geschreven over de perkamenten rollen. Maar het volgende is wel van belang, luister wat hij opschreef:

Ik kan me voorstellen dat Berthold wil weten wat er in de laatste twee rollen staat. De eerste rollen waren geschreven in het Nederlands en in spiegelschrift, maar de laatste twee rollen zijn waarschijnlijk in het Engels. Het is volgens mij niet moeilijk te ontcijferen, het lijkt me gewoon, ouderwets

Engels maar dan in spiegelschrift. De leesblindheid van Bert-hold maakt hem slecht in alle talen, daardoor kan hij er volgens mij geen wijs uit worden.De Nederlandse rollen vertellen over de geschiedenis van de ridders van een oude Orde, de Orde van de Negenster en over hun daden door de eeuwen heen. De Orde hield zich bezig met het helpen van de armen en zwakken, precies zo als de oprichter van de Orde, Ridder De Schuylenbourgh dat had bedoeld. Ze hielpen de armen door ze in dienst te nemen of door stukjes grond of vee voor ze te kopen zodat ze voor zichzelf konden zorgen. De zieken werden opgevangen in tehuizen en er werd voor ze gezorgd tot ze weer beter waren. Dat kostte allemaal veel geld, maar er was op de een of andere manier meer dan genoeg geld. In de rollen wordt af en toe geschreven over 'le Tresor de l'Ordre', wat 'de Schat van de Orde' betekent, maar het is niet duidelijk of dat over geld gaat of over iets anders. Ik kan me voorstellen dat Berthold hierdoor weer op jacht is naar een schat, maar dan niet die van de Tempeliers, maar die van de Orde van de Negenster. Ik heb ook sterk de indruk dat Berthold weet waar de familie van de Ridder De Schuylenbourgh terecht is gekomen toen ze naar Nederland vluchtten. Morgen ga ik aan de Engelse rollen beginnen.

Hierna is het Nachtboek leeg. Er staat niets meer in. Ik denk dat Wilfred aan de Engelse rollen is begonnen en daarin iets heeft gevonden wat erg belangrijk is', zei Tom.
'Denk je dat Wilfred toen ook nog niet wist dat de oude hoedenmaker familie van de Ridder De Schuylenbourgh is?', merkte Katja op.
'Nee, ik denk dat hij dat toen nog niet wist, maar dat hij er op de een of andere manier achter gekomen is. Ofwel door

de informatie in de Engelse rollen, ofwel via Berthold.'
'Wacht eens!', zei Katja en ze greep in de achterzak van haar
spijkerbroek. 'De gele papiertjes! Ik wist dat ik dat van De
Schuylenbourgh en Van Schuijlenburg eerder had gezien!'
Ze liet Tom een stapeltje gele papiertjes zien. 'Weet je nog
wel, die kattebelletjes die ik heb gevonden op het bureau
van Wilfred? Als het goed is liggen ze nog op volgorde.'
Ze legde ze onder elkaar op Toms bureau.

Biljoen was Bouillon
De Museum Bende?
Berthold en BB?
BB en Van Gogh, maar ook Munch?
Is er wel een schat?
Berthold en Ridder
De Schuylenbourgh is Van Schuijlenburg?
Kelder of Crypte in het Negenhuis
Sprong Negenster
Nachtboek verbergen: dag nachtboek!

'Zie je wel', zei ze triomfantelijk terwijl ze over de briefjes
gebogen stond, 'De Schuylenbourgh is Van Schuijlenburg.
Wilfred is er achter gekomen dat de hoedenmaker familie is
van de oude ridder uit de perkamenten rollen en daarom is
hij er toen op bezoek geweest.'
'Inderdaad', zei Tom, terwijl hij peinzend naar de briefjes
keek. 'En hij heeft nog meer ontdekt. Wat is een Negenhuis?'
'Geen idee, misschien heeft hij onduidelijk geschreven en
moet het een Negerhuis zijn? Dat is wel iets voor jou Tom,
de Negerhut van Oom Tom.'

Katja proestte het uit van het lachen. Hierdoor vlogen de gele briefjes alle kanten uit over het bureau en een aantal dwarrelden op de grond.

Tom vond Katja's opmerking over de Negerhut al totaal niet grappig, maar toen de briefjes alle kanten opstoven, werd hij echt prikkelbaar. 'Hé, kijk toch eens uit wat je doet! Alles gaat door elkaar!', sprak hij geïrriteerd.

Mopperend en foeterend kroop hij onder zijn bureau om twee gele briefjes op te pakken.

'Ik hoop dat je nog weet hoe de volgorde was, want ik geloof dat dat echt belangrijk is. Op die manier kunnen we een beetje nagaan hoe Wilfreds gedachten zijn geweest.'

Tom wilde de briefjes weer op zijn bureau leggen. Het waren toevallig de laatste twee gele notities: *Sprong Negenster* en *Nachtboek verbergen: dag nachtboek!*

De laatste had hem in de geheime ruimte al direct beziggehouden en dat had geleid tot het vinden van het Nachtboek.

Het andere briefje met *Sprong Negenster* vond hij ook interessant. Het deed hem denken aan de paardensprong bij het schaken: twee vakjes naar voren en een naar opzij. Maar ook deed het hem denken aan de paardensprong die je moest gebruiken bij het oplossen van raadsels in sommige puzzelboeken. Hij zag het al direct voor zich in zijn hoofd:

1	6	3
4		8
7	2	5

Tom was dol op zulke raadsels omdat het zijn hobby, schaken, combineerde met zijn beste vak, wiskunde. In gedachten was hij al aan het paardenspringen: van de 1 twee vakjes
naar beneden en dan één opzij naar de 2 en dan weer twee
vakjes naar boven en dan één opzij naar de 3 en dan twee
vakjes naar links en dan één opzij naar de 4.

Zo in gedachten verzonken staarde hij naar het gele papiertje. Het briefje was een beetje omgekruld omdat het zo lang
in de zak van Katja had gezeten. Dat ergerde Tom en omdat
hij toch al in een prikkelbare bui was, pakte hij het op en
draaide het om zodat hij de hoek van het blaadje weer terug
kon vouwen.

'Hé', zei hij plotseling en alle irritatie en vermoeidheid was
uit zijn stem verdwenen. Hij tikte Katja, die nog over het
bureau gebogen stond om alle blaadjes weer op volgorde te
leggen, op haar schouder.

Katja draaide zich een beetje op haar hoede om. Als Tom in
zo'n prikkelbare bui was, dan kon je je beter een tijdje ge-
deisd houden. Dus ze hield zich vooral bezig met het keurig
op rij leggen van de gele briefjes, hopend dat Tom dan weer
in een beter humeur zou komen.

Maar toen ze zag dat Tom naar het briefje keek alsof dat het
leukste wiskundeproefwerk ter wereld was, werd ze direct
nieuwsgierig. Tom liet haar de achterkant van het briefje
zien.

Hoofdstuk 30 *The English message*

Katja staarde naar het briefje en probeerde er wijs uit te worden. Tom, die de logica nu wel zo'n beetje op een rijtje had, zag het meteen.

'Het is in het Engels en in spiegelschrift. Ik denk dat Wilfred het heeft nagetekend van de perkamentrol', zei hij en hij pakte direct de scheerspiegel van zijn vader. Hij had gelijk, want in de spiegel verscheen het volgende:

> the nine is the determined road of by numberS
> wondrous lain shows the where enneagram is the treasurE
> kept thine asked what is is for not silenT
> by divine victory only is true friends gained perseverinG

'Ja hello', zei Katja met verwondering in haar stem, 'wat is dat nou voor raar Engels?' Ze was teleurgesteld, want ze was op school echt goed in Engels, en toch begreep ze deze zinnen totaal niet.

'De negen is de bepaalde weg van door getallen', vertaalde ze weifelend. 'Wonderlijk of wonderbaarlijk gelegen toont de waar enneagram is de schat… Maar, dat klinkt bekend en ook weer niet.' Ze beet op haar lip.

'Het briefje uit de hoed!', zeiden ze ineens allebei tegelijk. Nu was het Toms beurt om naar zijn achterzak te grijpen.

136

Hij voelde even en haalde toen het briefje te voorschijn dat uit de hoed was gevallen. Hij vouwde het uit en legde het op zijn bureau.

De weg wordt bepaald door de getallen van ......,
Het Enneagram wijst waar .. .. is gelegen .
Wat zal worden ...., behoeft niet te worden verzwegen
Alleen de ware ..... behaalt met volharding de zege

'Het is volgens mij de oorspronkelijke Engelse tekst van het briefje uit de hoed', zei Katja. 'Kijk maar: *the nine is the determined road of by numbers.* Dat wordt: *De weg wordt bepaald door de getallen van negen.* De volgorde is gewoon anders.'
'Ja,' zei Tom die het ook had gezien, 'er is een bepaalde code gebruikt. Een soort van geheimschrift, maar dan in de volgorde van de woorden.'
Hij moest ineens weer denken aan de paardensprong. Daarmee kon je ook een geheime boodschap overbrengen. Zou Wilfred dat bedoeld hebben met *Sprong Negenster*?

Op dat moment werd er op de deur geklopt. Ze schrokken ervan.
Maar het was gewoon Toms moeder.
'Ik voel me werkelijk heel schuldig, maar ik ben totaal vergeten te zeggen dat we vanavond weer een etentje hebben', zei ze en keek een beetje schuldbewust in Toms richting.
'Dat geeft niet hoor', zei Tom, 'ik haal wat uit de vriezer of ik eet gewoon bij Katja.'
'Nou dat is het hem nou juist,' zei zijn moeder, 'we gaan namelijk met de ouders van Katja uit eten. Katja's vader

treedt op met zijn band; we gaan eerst met z'n vieren ergens eten en daarna gaan we kijken bij zijn optreden.'

Nu was het Katja's beurt om een beetje schuldig te kijken. Ze was nog niet echt thuis geweest de laatste anderhalve dag en ze wist helemaal niets van een optreden of etentje.

Toms moeder had dat direct in de gaten en vertelde dat ze het er al met Katja's moeder over had gehad en dat ze helemaal zelf mochten bepalen wat ze wilden eten. Ze konden nu meteen naar de supermarkt gaan om iets lekkers voor henzelf te kopen.

'Lasagne!' opperde Katja enthousiast.

Tom keek een beetje zuinig en kuchte even. Lasagne was al niet helemaal zijn favoriete eten en om nu twee keer achter elkaar hetzelfde te nemen als ze toch mochten kiezen, dan had hij liever iets anders. Bovendien zou er nauwelijks iets voor hem overblijven als Katja haar bord volschepte.

'Laten we maar direct naar de super gaan om iets lekkers uit te zoeken, we zijn nu nog best vroeg en dan zijn er nog lekkere andere dingen', zei hij voorzichtig.

Katja wilde nog protesteren, want ze wilde weten hoe ze dat Engelse raadsel konden oplossen, maar toen ze Toms vastberaden blik zag, bond ze in.

'Oké', zei ze. 'Maar dan moet je me onderweg vertellen wat je hebt bedacht. Ik zag al aan je blik dat je een idee hebt hoe we dit kunnen oplossen.'

Onderweg stak Tom meteen van wal.

'Dat Engelse raadsel staat met opzet op de achterkant van het briefje met *Sprong Negenster*.'

'Ja, maar wat heeft dat nou met Engels te maken?'

'Dat heeft niets met Engels te maken, maar wel met de

138

volgorde van de woorden. Ik denk dat Wilfred erachter gekomen is dat de volgorde van de woorden net zo moet zijn als de volgorde van de getallen van het Enneagram.'

'Net zoals bij de geheime deur van de kast! Wat was het ook alweer: 1, 4, 2, 8, 5, 7?'

'Precies! Dat je dat nog weet', zei Tom met verbazing in zijn stem.

'Ik moest van jou ook nog één door zeven delen, weet je nog. Dan onthoud je zo langzamerhand die volgorde wel. Maar kom je dan uit met je woorden?'

'Ja, want het viel me op dat elke regel exact negen woorden heeft.'

Nu was het Katja's beurt om met verbazing naar Tom te kijken.

'En weet je dan nu ook wat er moet staan?'

'Nee, ik denk dat ik jou daar voor nodig heb.'

'Mij daar voor nodig heb? Je weet toch hoe slecht ik in getallen ben? Vooral de volgorde is niet mijn sterkste punt. En…'

'Nee, ik vertel de rest zo meteen wel, we zijn al bij de supermarkt', zei Tom resoluut, want iets anders had zijn aandacht getrokken.

Katja ging met tegenzin de supermarkt in. Ze pakte mopperend een winkelwagentje en bedacht dat ze nog nooit zo weinig zin had gehad in lasagne. Ze had niet in de gaten dat Tom niet direct met haar mee was gelopen en reed in gedachten bijna tegen de schenen van een oud vrouwtje aan, dat haar boos aankeek.

Katja bood snel haar excuses aan en mijmerend en mompelend reed ze het winkelwagentje door de supermarkt. Het karretje liep niet zo heel erg soepel en het stonk ook een beetje in de winkel. Terwijl ze zo reed, stelde ze zich voor dat ze op een boerderij was en dat ze een kruiwagen door een varkensstal moest duwen. Bij iedere stap die ze deed, liep de wagen steeds meer vast in de mest en toen ze hem probeerde los te trekken, ging het steeds meer stinken.

Getsie, dacht ze, wat een vieze lucht, het ruikt een beetje naar...

En pats, daar was ze weer terug in de supermarkt. Ze kende die geur, het deed haar denken aan... Ze kon er niet zo gauw opkomen en ze wilde zich net omdraaien naar Tom om te vragen of hij het ook zo vond stinken, toen de geur heel sterk werd. Ze werd er een beetje misselijk van. Plotseling hoorde ze een bekende stem in de gang naast haar.

'Is er verder nog iets van uw dienst meester? Neen, ik duw de winkelwagen graag voor u. Ik ben gewend om de rolstoel van de oude heer te duwen en ik ben zeer sterk van lijf en leden.'

Katja verstijfde. Ze kende die stem! En samen met die doordringende geur was dat absoluut de stem van...

Hoofdstuk 31 *De achtervolging*

'Het is goed, Ezcchiël', bromde een donkere stem uit het andere gangpad.

Op dat moment kwam Tom achter haar aangehold.

'Er staat buiten een mooie oude auto, joh! Een oude zwarte Mercedes, je weet wel zo'n oude gangsterwagen met een enorme neus en dubbele koplampen. Hij heeft ook een heel gaaf nummerbord, ik heb hem al eens...'

Hij hield direct zijn mond toen hij zag dat Katja haar vinger op haar lippen legde en gebaarde dat hij stil moest zijn. Dat vond hij eerst niet zo leuk, want hij wist veel van oude auto's en dit was nog een bijzonder exemplaar ook. Hij wilde daarom graag verder praten over het aantal cilinders en hoeveel paardenkrachten die auto wel had. Maar toen hij de geschrokken blik in Katja's ogen zag, was zijn enthousiasme over de auto snel verdwenen.

'Wat is er', fluisterde hij.

Katja deed haar hand achter haar oor en gebaarde met haar andere arm over de stelling met boodschappen. Toen hoorde hij het ook.

'Vindt u het goed als ik ook de thee toevoeg aan uw boodschappen? Deze Chinese thee heeft de uitstekende eigenschap dat hij de smaak verdoezelt van het slaapdrankje dat ik de oude heer bij wijlen mag toedienen. En denkt u dat we voldoende levensmiddelen hebben ingeslagen voor de leden van uw gezelschap?'

'Ik denk niet dat het verstandig is je mond zover open te doen dat er alleen maar prietpraat uitkomt!', hoorde Tom een donkere stem venijnig opmerken. 'En je hebt gisteren met je kleine albinohersentjes al genoeg stomme fouten gemaakt. Ik zou het op prijs stellen als je die korte stevige armpjes van je gebruikt voor datgene waar je goed in bent, namelijk duwen en dat je die stinkende mond een tijdje rust geeft!'

Tom kende die stem niet, maar hij schrok van de boosaardigheid die eruit klonk. De stem van Ezechiël had hij direct herkend.

'Ik zal mijn mond sluiten en de wagen voortduwen om u te dienen, meester. Vind u het erg om een beetje voor mij te lopen? Ik wil u graag volgen en uw gestalte zal mijn zwakke ogen in de juiste richting geleiden.'

Een korte brom was het antwoord.

Tom en Katja waren eerst blijven staan om goed te luisteren wat er werd gezegd. Toen ze hoorden dat de winkelwagen van Ezechiël en zijn gezelschap in de richting van de kassa ging, slopen ze voorzichtig naar het eind van het looppad en keken om de hoek. Daar stond het kleine gebochelde mannetje bij de kassa met naast hem een grote zware man in een donkere regenjas. De grote man had een opvallend klein hoofd dat je niet goed kon zien omdat het schuilging onder een hoed met een brede rand. Terwijl Ezechiël de boodschappen op de transportband legde, bromde de man nors tegen de kassière.

'Nee, mevrouw ik ben geen directeur van een weeshuis en misschien kunt u beter op uw woorden letten en minder op de boodschappen van uw cliënten. Er zullen meer mensen zijn die uitgebreid brood en beleg kopen. U hebt vast wel eens van een diepvriezer gehoord, of komt dat niet voor in deze achterlijke wijk!'

Tom en Katja zagen dat de kassière een kleur kreeg, en toen ze met een zenuwachtig gebaar een aantal broden langs de kassa schoof, viel er tot overmaat van ramp een bruinbrood op de grond.

'Zo, dus dat kunt u ook al niet!', vervolgde de man met barse stem. 'Wel commentaar leveren op de klanten, maar u bent niet in staat om het simpele kassawerk te doen. U mag blij zijn dat het een brood was en niet iets breekbaars.'

De kassière kreeg bijna tranen in haar ogen. Katja wilde al naar voren sprinten om die man eens even goed de waarheid te zeggen, maar Tom kon haar nog net tegenhouden.

'Niet doen suffie!', fluisterde hij. 'Dit is een man die je niet tegen je moet hebben. Afwachten en opletten!'

Katja mopperde binnensmonds. Ze had een flinke schop tegen de schenen van de man in gedachten gehad en ze had zich al verheugd op de uiterst pijnlijke uitdrukking op zijn gezicht. Of beter nog, een harde gil van schrik en pijn. En als zijn hoed dan was gevallen zou ze er bovenop zijn gaan staan en er een paar keer goed op stampen!

Terwijl Katja in gedachten stond te foeteren, zag Tom dat Ezechiël een doos had volgeladen met boodschappen en dat de man in de donkere regenjas had afgerekend. Het gevallen brood lag nog op de grond. Dat had Ezechiël niet gezien en Tom zag dat de kassière geen aanstalten maakte hen achterna te lopen met het brood.

Tom was in tweestrijd. Zou hij hen het brood achterna

brengen en er zo achter komen wie de man was? Het risico dat hij liep was dat Ezechiël hem zou herkennen ondanks zijn albino-ogen. Hij sprintte toch naar voren en pakte in volle vaart het brood op. De kassière keek hem verstoord aan. Niet alleen omdat hij met zijn megasprint haar pasgekamde haar in de war bracht, maar ook omdat ze niet echt wilde dat de norse man zijn brood alsnog zou krijgen. Tom was in een paar stappen bij de deur van de super. Hij had ondertussen bedacht hoe hij de aandacht van de grote man kon trekken zonder dat Ezechiël hem in de gaten kreeg. Maar toen hij bij de deur kwam, zag hij dat beiden net in de oude Mercedes stapten. De portieren sloegen als kluisdeuren dicht en Tom wist dat het geen zin had om te roepen, want zijn stem zou daar toch niet doorheen dringen.

De auto reed niet direct weg. Het leek alsof de mannen daarbinnen ruzie hadden, want ze maakten allerlei gebaren. Intussen was Katja ook bij de deur van de super aangekomen. Ze keek Tom even vreemd aan en toen hij naar de oude Mercedes wees, begreep ze dat haar kleine gemene vijand daarin zat. Op dat moment startte de auto en er kwam een grote blauwe rookwolk uit de uitlaat. Tom was even bang dat hij met grote snelheid zou wegscheuren, maar toen de rook om hun hoofd was opgetrokken, zag hij dat de auto met een sukkelgangetje wegreed.

Volgen!, gebaarde hij.

Het was niet moeilijk om de auto bij te houden. Voor Katja helemaal niet, want die was gewend veel en hard te lopen door haar voetbaltraining, maar gelukkig ook niet voor Tom, die weinig aan lichaamsbeweging deed. De auto reed zonder enige haast door de wijk en ze konden onopvallend meerennen omdat de struiken op het plantsoen tussen de weg en de stoep hen aan het zicht onttrokken.

'Ik denk dat ze hier in de wijk blijven', hijgde Tom.

Katja keek even opzij om te kijken waarom Tom dat dacht. Maar het enige dat ze zag was Toms hijgende, rode gezicht en de dikke zweetdruppels op zijn voorhoofd.

Tom had gelijk. De auto reed slechts een paar blokken verder, minderde rustig vaart en ging toen linksaf een pad in. Tom begon meteen minder hard te lopen. Hij wist dat de auto op zijn bestemming was aangekomen. Katja keek Tom weer aan en wilde net vragen hoe hij kon weten waarom de auto niet zo ver zou gaan, toen Tom ineens bukte en onder de heg dook. Katja volgde hem meteen. Op de achtergrond hoorden ze de portierdeuren van de auto opengaan en dichtslaan en ze hoorden knerpende voetstappen in het grint van een pad. Er werd een deur opengedaan en toen ze die hoorde dichtgaan, kon Katja het niet meer uithouden.

'Hoe kon je nou weten dat die auto hier in de wijk zou blijven? En wat was je van plan met dat brood en als Ezechiël je had gezien en wat was dat voor een ontzettend vuile en gemene vent en waar zijn we eigenlijk?'

Tom hijgde nog behoorlijk en hij was niet direct in staat om Katja's woordenvloed te beantwoorden.

'Hoed', hijgde hij. 'Ezechiëls meester... niet de oude hoedenman. Huis hoedenman...'

Hoofdstuk 32 *De tuin van de hoedenmaker*

Katja gluurde over de heg. Het had nu nog geen zin om Tom nog meer te vragen. Hij hijgde nog wel even en omdat Katja van opschieten hield, wilde ze weten wat hij bedoelde. Ze schrok even toen ze zag dat ze de tuin inkeek van het huis van de oude hoedenmaker. Ze herkende het huis meteen, ondanks het feit dat ze nog nooit aan deze kant geweest waren. Het huis had een grote tuin met een lang grintpad dat van de ingang aan de straat naar de achterkant van het huis liep. Halverwege het grintpad stond een oude boom met daarnaast een garage met een afdak. De oude Mercedes stond onder dat afdak. Katja vond dat wel een beetje vreemd. Als dat een auto was die Tom helemaal bijzonder vond, dan was het toch raar dat die niet in de garage stond.

Ze wilde dat net tegen Tom zeggen, toen ze zag dat hij weer een beetje op adem gekomen was en aanstalten maakte om iets te gaan zeggen. Ze ging weer naast hem zitten en wachtte voor haar doen geduldig op wat hij zou gaan zeggen.

'Berthold', zei Tom alleen.

Ze begreep eerst niet wat hij bedoelde, maar toen bleek dat er niet nog meer uit Tom kwam, gingen haar eigen hersens op volle toeren draaien.

Ineens had ze het: 'Dezelfde hoed!'

'Weer tien punten', zei Tom, die nu weer volledig op adem was. 'Ik wist eerst niet waar ik die hoed eerder had gezien die die grote, nare vent op zijn hoofd had, maar het is net zo'n hoed als die jij gevonden hebt.'

Katja beet even op haar lip en zei toen peinzend: 'Ik had al zo'n idee dat de meester waar Ezechiël het over had in de bijkeuken, niet de oude hoedenmaker kon zijn. Die man is veel te aardig, het moest wel iemand anders zijn. En als we dit allemaal bij elkaar optellen is het Berthold die Ezechiël er op uit had gestuurd om het huis van Wilfred te doorzoeken, en die ons heeft gebruikt om de geheime ruimte te ontdekken!'

'Nee, ik denk dat dat helemaal Ezechiëls eigen idee was nadat hij had gehoord dat wij op zoek waren naar Wilfred. Hij wist dat wij op weg zouden gaan naar het huis 'Eeghenstein' en hij hoopte dat wij iets zouden vinden dat hij met zijn albino-ogen niet had kunnen ontdekken', zei Tom bedachtzaam. 'Hij is zo snel als hij kon naar het huis van Wilfred gegaan en heeft toen de deur in de schutting en de bijkeuken opengemaakt, zodat wij gemakkelijk het huis in konden komen. Wat ik alleen niet begrijp, is hoe hij binnen is gekomen en hoe hij dat cijferslot heeft kunnen omzeilen.'

'Dus het waren zijn sporen die we in het gras zagen en hij was het die ons al die tijd in het huis in de gaten hield! Ik had al de hele tijd het idee dat we bespioneerd werden!'

'Precies!', zei Tom. 'Vanaf het moment dat we uit het huis van de hoedenmaker vertrokken, zijn we gebruikt door dat gemene mannetje! Hij heeft gewoon gewacht tot we iets zouden vinden. Dus toen we waren verdwenen uit de bijkeuken, wist hij dat we iets op het spoor moesten zijn wat

147

hij nooit zelf had kunnen ontdekken. En toen we weer uit de kast tevoorschijn kwamen, begreep hij dat we iets hadden gevonden. Hij hoefde ons toen alleen maar tegen te houden en van ons af te nemen wat we bij ons hadden. We hebben al het zoekwerk voor hem gedaan! Maar als ik er over nadenk, weet ik bijna zeker dat hij nooit de tijd kan hebben gehad om te overleggen met Berthold, behalve…'

'Wat is het toch een gluiperig mannetje!', sprak Katja met verontwaardiging in haar stem. 'Twee onschuldige kinderen gebruiken voor zijn eigen gemene praktijken!' Ze vergat voor het gemak even dat ze zelf zonder toestemming het huis van Wilfred waren binnengedrongen en daar als twee volleerde inbrekers de geheime ruimte waren binnengegaan.

Ze waren allebei even stil van al die ontdekkingen. Tom dacht nog even na over of Ezechiël contact kon hebben gehad met Berthold en hoe hij de sloten had kunnen kraken, toen Katja zijn gedachten onderbrak.

'Maar hoe wist je nou dat die auto hier in de buurt zou blijven?'

'Ik heb die Mercedes Benz 280S al eens eerder hier in de wijk zien rijden. Ik vond hem toen al opvallend en dat is blijven hangen. Dus toen ik hem weer zag bij de buurtsuper, ging ik ervan uit dat hij hier uit de buurt kwam. En gelukkig had ik gelijk, want anders had ik nu ergens dood aan de kant van de weg gelegen door ademgebrek.'

Katja vond dat maar een heel klein beetje grappig.

'Weet je wat ik zo gek vind', zei ze, terwijl ze weer opstond om over de heg te kijken. 'Dat die bijzondere auto van jou niet in de garage staat, maar onder een klein afdakje.'

Tom stond ook op en keek met haar mee de tuin in.
'Dat is inderdaad een beetje vreemd, en zonde bovendien. Die auto is zo'n beetje dertig jaar oud en daar wordt hij zeker niet beter van', sprak hij zuinig. 'Wat ik ook vreemd vind, is die combinatie van Berthold en Ezechiël. En wat doet Berthold daar in dat huis? En waarom noemt Ezechiël hem meester? En wat weet de oude hoedenman hiervan? En van wie is die auto? En waarom staat die niet in de garage? En...'

Katja keek Tom stomverbaasd aan. Het leek wel alsof hij al haar gedachten op een rijtje zette en ze als een mitrailleur uit zijn mond liet komen. Hij praatte nog sneller dan zij!
'Rustig', zei ze en ze verbaasde zich erover dat zij nu degene was die Tom moest kalmeren. Het leek wel de omgekeerde wereld! 'Je hebt helemaal gelijk, het is een vreemde combinatie en wat doet die Berthold daar in huis? En hoe kent die hoedenman Berthold, of...?' Ze was ineens stil en beet op haar lip. Opeens had ze het!
'Ik denk dat de hoedenman Berthold misschien wel helemaal niet kent. We hoorden Ezechiël in de supermarkt zeggen dat hij de oude man af en toe een slaapdrankje geeft!'
'Je hebt gelijk! De oude man zei ook al zoiets, weet je nog? Dat hij af en toe last van duizelingen had en soms de tijd kwijt was. Ezechiël is de oorzaak van die duizelingen!'
'Dat kleine, gemene, stinkende ventje!', sprak Katja verontwaardigd. 'De volgende keer als ik hem tegenkom zal ik nog harder bovenop hem springen. Ik zal hem als springkussen gebruiken, ik zal hem tot trampoline bombarderen, ik zal hem bungee jumpen, ik zal hem...'
'Rustig, rustig', maande Tom haar tot kalmte. 'Misschien

kunnen we eerst eens even poolshoogte nemen. Ik wil die mooie auto wel eens even van dichtbij bekijken en wellicht komen we er achter wat Ezechiël en Berthold met elkaar te maken hebben.'

Dat vond Katja een goed idee, ze hadden al lang genoeg stil gezeten.

Ze slopen voorzichtig langs de heg in de richting van de ingang van het grintpad. Tom tuurde over de heg en toen hij zag dat het veilig was, gebaarde hij naar Katja dat ze hem moest volgen. Katja had dat zelf allang bedacht en toen Tom naar de andere kant van het grintpad sprintte, zag hij dat Katja daar al op hem wachtte achter de heg.

Hij wilde er net iets van zeggen toen Katja haar vinger op haar lippen legde en gebaarde naar het huis. Toms scherpe ogen zagen direct wat Katja bedoelde. Voor het middelste raam van de woning zat de oude hoedenmaker in zijn rolstoel. Het was net of hij naar buiten keek, maar Tom zag al gauw dat zijn hoofd op zijn kin rustte en dat zijn borstkas langzaam op en neer ging. Hij deed zijn handen op elkaar en hield ze naast zijn hoofd dat hij een tikkeltje schuin hield. Katja begreep het direct. 'Ja, hij slaapt', zei ze zonder geluid te maken.

Er was in de tuin niets te ontdekken dat op aanwezigheid van mensen wees.

Ze slopen langs de heg aan de zijkant van de tuin in de richting van het afdak en de garage. De achterkant van de oude Mercedes stond te glimmen in de zon. Het afdak was veel te klein voor de lange auto. Tom werd een beetje verontwaardigd dat iemand zo onverschillig met zo'n prachtige oude auto kon omgaan. Katja zat naar het nummerbord te kijken en wees Tom erop.

DE – 99 – 99

Tom wist het al, het was hem al opgevallen bij de supermarkt. Hij had er toen niet echt bij stilgestaan en ook nu vond hij iets anders belangrijker.

'Er moet iets anders in de garage staan', fluisterde hij naar Katja.

Katja, die peinzend naar de negens staarde, was onmiddellijk paraat. Ze slopen om de garage heen. Er was nergens een raam te bekennen. Tom vond dat vreemd, je moet toch iets kunnen zien als je in een garage bent. Hij wilde dat net naar Katja fluisteren, toen hij haar ineens niet meer zag. Plotseling zag hij in zijn ooghoek twee gymschoenen de boom inschieten.

Katja had inmiddels bedacht dat er misschien een raam in het dak zou kunnen zitten en was de boom in geklommen. Als een aapje trok ze zich op aan de takken en was in een mum van tijd tussen de bladeren verdwenen.

Ze klom over de brede takken alsof het een wandelingetje door het park was en binnen een paar tellen was ze op het dak. Tom kon haar niet meer zien en dat was maar goed ook, want dat betekende dat als iemand vanaf het huis zou kijken, dat ze haar ook niet...

'Ik ga nu weer naar boven, meester.'

Tom schrok zich een hoedje en hield zich schuil achter de dikke oude boom. Waar was dat vandaan gekomen? Hij kon zo gauw niet zien waar die stem vandaan kwam. Het klonk een beetje ondergronds. Iets verderop van de boom was een bijkeuken, maar dan een vrij grote, niet zo een als bij zijn eigen huis. Het enige dat hij kon zien was een soort luik aan de zijkant van de bijkeuken, maar dat stond niet open.

Katja was ondertussen op het dak bij het dakraam aangekomen waarvan ze al had gedacht dat het er zou moeten wezen. Het was een klein raamkozijntje, dat uit twee glazen delen bestond en dat behoorlijk verroest was. Het zag er niet naar uit dat het kortgeleden nog open was geweest. Ze tuurde naar binnen. Het was behoorlijk donker, maar ze kon duidelijk onderscheiden dat er een auto in de garage stond. Plotseling herkende ze die auto! Het was dezelfde die ze had gezien bij de ontvoering! Ze schrok zo erg dat ze bijna van het dak afgleed. Ze kon zich nog net staande houden. Dit moest Tom weten. Zo vlug als ze kon, sprong ze weer op de takken van de boom en was in één beweging weer terug op de grond, pal naast Tom.

Tom, die aandachtig was blijven luisteren of hij kon uitvinden waar de stem vandaan was gekomen, schrok zich een hoedje!
'In die garage staat de ontvoeringsauto!', fluisterde Katja iets te hard.
'Weet je het zeker', zei Tom nadrukkelijk heel zachtjes om haar duidelijk te maken dat ze veel te hard fluisterde.
'Natuurlijk weet ik het zeker, het is zo'n stationwagen met een lichtbruinige kleur!', zei Katja een beetje verontwaardigd. 'En ja, er zijn vast veel meer van dat soort auto's in die kleur, maar het blijft verdacht dat je voor zo'n gewone auto, een superoude Mercedes half onder een afdakje zet.'
Daar had Tom geen weerwoord tegen.

'Ik heb Ezechiël gehoord!', fluisterde hij. 'Heel vreemd, maar het leek wel alsof ik hem ondergronds hoorde. Hij sprak tegen Berthold.'

Katja keek in de richting van de bijkeuken. Ze zag het luik en wist meteen wat het was.

'Er zit een kolenkelder onder de bijkeuken. Door dat luik lieten ze vroeger de kolen naar beneden rollen; als het goed is komt dat uit op een soort kolenhok in de kelder. Bij mijn opa en oma was ook zo'n kolenkelder.'

'Ik weet het niet zeker, maar het leek alsof daar de stem van Ezechiël vandaan kwam', fluisterde Tom.

'Dat is wel een beetje vreemd, want waarom zou je met zijn tweeën in een kolenkelder willen zijn? Het is klein, donker en vaak erg vies. Maar…'

Plotseling trok ze Tom aan zijn mouw naar achteren. Ze had beweging gezien bij het raam van de oude hoedenmaker.

'Dat is Ezechiël! Kijk, hij doet de gordijnen verder dicht. Dat is mooi, want dan kunnen wij verder kijken.'

Voordat Tom kon protesteren, sloop ze in de richting van de keukendeur. Tom volgde haar. Ze kwamen langs het kolenluik en Katja probeerde voorzichtig of het niet op slot was. Plotseling hoorden ze Ezechiëls stem uit de verte: 'De oude man is diep in slaap, meester! De slaapdrank doet zijn werk goed. Hij zal morgen pas ver in de ochtend ontwaken.'

'Prima!', hoorden ze nu heel dichtbij en ze schrokken zich een hoedje. 'Posteer je bij de deur en zorg ervoor dat onze Borsalino-gasten goed ontvangen worden.'

Ze herkenden direct de boosaardige stem van Berthold. Het leek wel alsof hij naast hen stond!

Wegwezen!, gebaarde Tom.

Hoofdstuk 33 *De Sprong van de Negenster*

Toen ze weer op Toms kamer aankwamen, aten ze stilzwij-
gend de broodjes op die ze onderweg bij de cafetaria hadden
gehaald. Katja was opvallend stil en ze kauwde op haar
broodje alsof ieder hapje haar laatste kon zijn. Toen ze alles
op had, zei ze bedachtzaam:
'Nu weten we dat Berthold en Ezechiël samen iets doen wat
de oude hoedenman niet mag weten en niet kan weten.
Want hij krijgt een soort slaapdrankje waardoor hij lang
buiten westen is. Er gebeurt ook nog iets in dat huis waar
anderen voor op bezoek komen. Die worden de Borsalino-
gasten genoemd. Dat is vreemd, want dat is toch de naam
van die hoed?' Ze beet op haar lip en zei toen plotseling:
'Zou het een bende zijn? Een Museum Bende, of de Borsalino Bende?'

Toms ogen lichtten op. Hij had goed geluisterd naar wat
Katja had bedacht en al was hij het vaak niet met haar eens
omdat ze nogal eens doordraafde, deze keer klonk het allemaal best logisch.
Hij stond ineens op en liep naar zijn bureau. Hij staarde
naar de gele briefjes die daar nog steeds lagen en zei: 'Hier
staat *De Museum Bende* en *BB en Van Gogh, maar ook
Munch?* We weten dat er een Van Gogh is gestolen door

Berthold. Zou BB misschien Borsalino Bende betekenen?'
Katja onderbrak hem in zijn verhaal: 'En zou die Borsalino
Bende soms ook een Munch hebben gestolen?'
Tom keek haar vragend aan. Hij had nog nooit van een
Munch gehoord.
'Munch is een schilder, dat weet ik van mijn vader. Hij komt
uit Noorwegen geloof ik en heeft een heel beroemd schilde-
rij gemaakt dat *De Schreeuw* wordt genoemd. Ik kan mij
herinneren dat daar een aantal maanden geleden een van
gestolen is.'
Tom keek haar nog verbaasder aan.
'Dat klinkt misschien gek, maar ook die schilder Munch
heeft van zijn beroemdste schilderij zelf een aantal kopieën
gemaakt, net zoals Van Gogh dat heeft gedaan met zijn
Zonnebloemen.'
Tom zat in drie tellen achter zijn computer en had in een
mum van tijd de schilder Munch opgezocht.
'Je hebt gelijk, hij heeft van *De Schreeuw* vier versies gemaakt en er zijn er al een paar keer een aantal van gestolen
geweest. In de meeste gevallen zijn die ook weer teruggevonden. Ik zie hier niet zo gauw hoeveel er nog over zijn
in de musea, maar ik vind het wel vreemd dat vooral die
gekopieerde schilderijen zo vaak gestolen worden.'
'Zou Berthold dat met opzet doen, kopieën van schilderijen
stelen? En zou hij dat doen met zijn Borsalino Bende?',
vroeg Katja voorzichtig.

Tom reageerde niet, hij was weer opgestaan en keek aandachtig naar de gele briefjes.
Zachtjes las hij de tekst op van de laatste twee boodschappen: '*Kelder of Crypte in het Negenhuis, Sprong Negenster.*

Zou het Negenhuis hetzelfde betekenen als het huis van de hoedenmaker? Er staan een soort negens op het huis, weet je nog. Volgens Wilfred is er iets onder het huis, misschien wel meer dan alleen die kolenkelder.'

Hij draaide het briefje met *Sprong Negenster* om. Daar stond nog steeds in spiegelschrift:

Plotseling had hij een idee!

'Katja', zei hij, 'kun jij met behulp van de scheerspiegel die zinnen voorlezen. Jouw Engels is beter dan het mijne en dan kan ik typen.' Hij ging voor de computer zitten en opende een programma.

'Dit is een spreadsheet-programma, daarmee kun je rekenen', zei hij een beetje gewichtig. Katja kreunde. Als Tom zo begon, dan had ze al helemaal geen interesse meer.

'Ik ga heus niet rekenen, computeranalfabeet!', zei Tom een beetje beledigd. 'Kijk, ik kan van die Engelse zinnen elk woord in een apart vakje zetten. Het zijn negen woorden per zin en met dat rekenprogramma kan ik er achter komen wat de juiste volgorde is van die woorden. Zoals ik al zei, denk ik dat er gebruik is gemaakt van de volgorde van de cijfers van het Enneagram.'

Katja haalde haar schouders op en las met tegenzin langzaam de woorden voor van de Engelse tekst, zodat Tom ze kon intypen. Daarna draaide ze zich om en liep weer terug naar de stoel. Als Tom ging 'spelen' met zijn computer, had het totaal geen zin voor haar om daar bij te blijven staan. Want als ze dan ook maar ademde in zijn buurt, werd hij al kregelig. Ze pakte het briefje dat uit de hoed was gevallen en hield dat naast de Engelse tekst. Ze beet op haar lip. Natuurlijk, dat was ook een goede methode! Ze pakte een potlood en een stukje papier en schreef de regels over van het briefje uit de hoed.

Het werd heel stil in Toms kamer. Het enige dat je hoorde was het tikken op Toms toetsenbord en af en toe een scheldwoord dat binnensmonds door Tom werd uitgesproken. Van Katja's kant van de kamer klonk een zacht geprevel.

'De weg wordt bepaald door de getallen van puntje puntje. *Determine* is volgens mij *bepaald*, dus het woord dat overblijft moet *nine* zijn, dus vullen we dat in.

Het Enneagram wijst waar puntje, puntje is gelegen. Hier blijven over: *treasure, wondrous* en *the*.

The wondrous treasure! Het Enneagram wijst waar de wondere schat is gelegen... Er is dus toch een schat!'

Katja ging weer op het puntje van de stoel zitten, maar dacht toen gelukkig net op tijd aan haar pijnlijke achterste en zakte weer een stukje naar achteren. Het werd echt spannend!

'Wat zal worden puntje, puntje, behoeft niet te worden verzwegen.

What is asked for thine?, is not kept silent.

Hier kan ik geen chocola van maken', prevelde Katja. 'Wat is *Thine*? Maar wacht eens even, het zou wel eens kunnen rijmen, net zoals bij ons briefje uit de hoed.

Nine, lain, nou dat rijmt niet echt, maar het klinkt best aardig. Dan moet dus *thine* aan het einde komen.
What is asked, is not kept silent for thine
Wat zal worden *gevraagd*, behoeft niet te worden verzwegen (for thine).'
Katja's wenkbrauwen schoten omhoog. Dat klonk niet zo fraai. Maar ja, als je precies negen woorden moest gebruiken en ook nog moest rijmen om het te laten kloppen, kon er best een beetje met woorden gegoocheld zijn.

'Alleen de ware puntje, behaalt met volharding de zege', ging ze verder.
By divine victory only is true friends gained persevering.
'Ja hello', zei ze ineens zo hard, dat Tom met een boze blik omkeek. 'Wie verzint er nou zulk Engels! Als ik dit zie, kan ik me ineens voorstellen dat Tom een hekel heeft aan Engels.'
Alsof hij geroepen werd, draaide Tom zich voor de tweede keer om, maar nu met een grijns van oor tot oor.
'Ik heb het!', sprak hij trots en hij wees naar zijn beeldscherm.

Hoofdstuk 34 *De oplossing*

Katja stond op en liep naar Toms computer. Ze kon wel tegen Tom zeggen dat ze al drie van de vier zinnen had opgelost. Maar omdat ze die laatste zin totaal niet begreep en omdat Tom zo trots keek, zei ze niets en wachtte af.
Tom begon een heel verhaal over de code die gebaseerd was op de volgorde van de getallen van de Negenster: 6, 9, 3, 1, 4, 2, 8, 5, 7. Hij vertelde dat hij die getallen in vakjes met rijen en kolommen in zijn spreadsheet had geplaatst en...

Katja's gedachten dwaalden af en ze zag zichzelf als een happend computermonstertje dat door de kolommen en rijen van het rekenprogramma moest gaan om de woordjes op te eten die in de vakjes stonden. Zodra ze negen woordjes van een zin op had gegeten, kreeg ze bonuspunten. Maar dat moest dan wel in de juiste volgorde, want anders werd ze misselijk...
'En de laatste zin is: *Only true victory is gained by persevering friends divine*', hoorde ze ineens.
Pats en daar was ze weer op Toms kamer. Hij had de laatste zin opgelost!

Terwijl ze snel terugliep naar haar eigen oplossing die op de stoel lag, babbelde Tom door over het feit dat alle laatste woorden van de zinnen rijmden, maar dat het daardoor niet duidelijker Engels werd. Hij had daarom ook zo'n hekel aan taal en literatuur en vooral aan gedichten. Want als zo'n dichter niet meer goed wist wat hij moest schrijven, dan schreef hij maar wat op dat rijmde en dan noemden ze dat 'dichterlijke vrijheid'. Wat een onzin! Nee, wiskunde en natuurkunde, dat was pas logisch…

Bij de stoel aangekomen, pakte Katja haar notities op en las:
'Alleen de ware…. behaalt met volharding de zege.'
Ze liep terug naar het computerscherm en beet op haar lip. De enige woorden die ontbraken waren *friends* en *divine*. Het moest wel *de ware vrienden* of *de ware vriendschap* zijn!
Ze schreef het op en liet het zwijgend aan Tom zien. Tom, die niet goed begreep waarom ze niet net zo trots op hem was als hijzelf, las de regels en nu gingen zijn wenkbrauwen omhoog.
'Je hebt het al vertaald en opgelost?', hakkelde hij verbluft. 'Je bent sneller geweest dan mijn computer? Maar dat kan niet, zonder de code van de Negenster is dit onmogelijk op te lossen!'
'We hadden toch al een vertaling, suffie!', zei Katja poeslief. Ze wilde Tom niet voor het hoofd stoten, maar tegelijkertijd vond ze het leuk dat ze de computer te snel af was geweest. 'Ik hoefde alleen maar de ontbrekende Engelse woorden in te vullen. A little flute of a cent!'
Tom keek ineens niet meer blij en zei een tikkeltje verontwaardigd: 'Dat is geen goed Engels en dit ook niet!', terwijl hij naar het beeldscherm wees.

'Nee, daarom ben ik zo blij dat jij die volgorde hebt gevonden, anders had ik die laatste zinnen nooit op kunnen lossen', zei Katja terwijl ze Tom met een bewonderende blik aankeek.

Dat gaf Tom weer een goed gevoel.

'Dus je hebt nu echt ook de volledige Nederlandse tekst van het briefje?'

'Yes sir!', zei Katja en ze legde haar notities op het bureau.

De weg wordt bepaald door de getallen van negen
Het Enneagram wijst waar de wondere schat is gelegen
Wat (zal) word(en) gevraagd, behoeft niet te worden
verzwegen (for thine)
Alleen de ware vriendschap (vrienden) behaalt met vol-
harding de zege.

'Wat tussen haakjes staat, daar had ik even moeite mee. Dat *for thine* komt eigenlijk niet meer terug. Het zal de dichterlijke vrijheid van Wilfred wel zijn geweest.'

Plotseling was ze stil. Ze hadden al die tijd niet meer aan Wilfred gedacht! De man van de hoed en de geheime kamer, die op klaarlichte dag ontvoerd was!

Tom sprak het eerst:

'Er is dus wel een schat, maar ik denk dat dat nu niet zo belangrijk meer is. Wilfred is ontvoerd, de ontvoeringsauto staat in de garage van de hoedenmaker, Wilfred heeft iets belangrijks ontdekt dat Berthold wil hebben, Berthold is nu in het huis van de hoedenmaker en er is ergens in dat huis iets ondergronds waar hij zit, in een kelder of een crypte.'

'We moeten naar de politie!', zei Katja en ze besefte ineens dat ze dat gisteren ook had bedacht.

161

Tom reageerde weer precies zoals toen: 'Dan moeten we wel met feiten komen.'

Hij vervolgde met een gewichtige stem: 'Zo meisje, dus die auto is een ontvoeringsauto? En waar kun je dat aan zien? Aan de kleur? Oh, omdat hij in de garage staat en een mooie oude Mercedes niet? Ja, dat maakt het inderdaad ineens een ontvoeringsauto. En er is een meneer ontvoerd en jullie hebben zijn hoed? Heeft die hoed jullie verteld dat die meneer ontvoerd is? Nee? Oh, jullie weten dat omdat jullie in zijn geheime kamer zijn geweest. En vond die meneer dat goed? Jullie hebben een beetje ingebroken? Oh, dat verandert de zaak, nu geloven we zeker wat jullie vertellen. Misschien dat een nachtje in de gevangenis jullie een betere kijk op de zaak geeft.'

Katja werd bleek om haar neus. Het was niet altijd leuk als Tom de feiten op een rijtje zette.

'Oké, ik heb het door. We moeten dus wat anders doen?'

Tom, die niet altijd de dapperste van hun tweeën was, zei resoluut: 'We gaan vanavond naar het Negenhuis.'

162

Hoofdstuk 35 *Het Negenhuis*

Onderweg waren ze allebei stil en in gedachten verzonken. Tom zat te denken aan een goed plan en aan wat ze in het huis van de hoedenmaker tegen zouden kunnen komen. Katja zat te denken aan alle spullen die Tom uit zijn Decisiecentrum had meegenomen en ze bedacht met spijt dat ze weer niet had kunnen zien wat er allemaal in dic la verborgen was.

Ze kwamen bij de achterkant van het huis aan. Het begon intussen te schemeren. Dat was goed, want dat gaf hun een beetje dekking toen ze langs het afdak en de garage slopen. Toen ze bij het kolenluik aankwamen, hielden ze halt.
Katja trok heel voorzichtig het rechter luikdeurtje open en schrok een beetje toen de scharnieren snerpend piepten. Met kloppend hart wachtte ze of ze iets hoorde. Het bleef stil achter het luik, en nog voorzichtiger trok ze het luik helemaal open, zodat het deurtje op het grint lag. Ze tuurden naar binnen. Het was aardedonker en volledig stil in de kelder.
Katja ging op de rand van het luik zitten en zette zich iets af. Ze roetsjte zo naar beneden, binnen twee tellen was ze onder in het kolenhok in de kelder. Ze had dit al tientallen keren gedaan bij haar opa en oma, en ze herinnerde zich

nog hoe 'blij' oma was met de pikzwarte plek op het achterste van haar spijkerbroek.

'Oké, Tom, alles is veilig', fluisterde ze naar boven. 'Laat je
eerst de tas met spullen naar beneden komen?'

Tom boog zich voorover over de rand van het luik en liet de
tas met de zaklampen, het zakmes, het touw, de thermosfles
met warme chocolademelk en de pasgesmeerde boterham-
men met pindakaas naar beneden glijden. Katja ving hem
behendig op. Daarna gleed Tom zelf naar beneden. Hij
dacht even aan wat het zwarte kolenstof met zijn schone
spijkerbroek zou doen, maar toen zijn voeten de vaste grond
raakten, was hij dat meteen vergeten. Ze keken over de rand
van het kolenhok de kelder in. Het was minder donker dan
ze hadden gedacht. De schemering van buiten was net voldoende om te kunnen zien dat de kelder zo goed als leeg
was. Het enige dat je kon zien was een grote oude verwarmingsketel en een deur die waarschijnlijk tot de gewone
kelder toegang gaf. Het was stil in de kelder, het enige dat je
kon horen was af en toe het gekraak van de planken van de
vloer boven hen, dat werd veroorzaakt door het lopen van
Ezechiël. Dat was in het begin best een beetje griezelig,
maar omdat ze door het gekraak precies konden horen hoe
ver hij van hen weg was, wenden ze er al snel aan.

'Oké, wat doen we nu?', fluisterde Katja. Tom was altijd
degene die wel een plan had, zij was meer de doener en Tom
de denker.

Tom keek met zijn scherpe ogen nog eens de kolenkelder
door. 'Ik denk dat we naar de gewone kelder moeten gaan.
Misschien dat we daar meer zullen ontdekken. Deze ruimte is echt leeg.'

164

Op dat moment klonk er een geluid door de kelder. Het klonk alsof er iemand op de buizen van de verwarming aan het tikken was! Tom schrok zich een hoedje! Katja wist direct dat het werd veroorzaakt door de buizen van de oude verwarmingsketel. Zij herkende dat geluid van het huis van haar opa en oma, die hadden ook zo'n oude ketel in de kelder. Door de warmte gingen de oude verwarmingsbuizen uitzetten en dat veroorzaakte een tikgeluid.

Ze wilde dit net aan Tom gaan zeggen en hem geruststellen, toen ze in het schemerdonker zag dat Tom zijn vinger op zijn lip had gelegd en zijn hoofd een beetje schuin hield. Wat was dat voor raar gebaar? Hij leek wel een jong hondje dat naar zijn baasje luisterde! Tom fluisterde: 'S O S'.

'S O S?', fluisterde Katja. Ze luisterde aandachtig. Het was inderdaad niet hetzelfde tikgeluid als bij haar oma. Het was veel regelmatiger.

'Tiktiktik. Tik Tik Tik. Tiktiktik.

Tiktiktik. Tik Tik Tik. Tiktiktik', klonk het door de kelder.

'Dat is morse!', zei Katja, maar nu zo hard dat ze het bijna buiten konden horen.

Direct daarna hoorden ze gestommel vanachter de verwarmingsketel. Het leek wel of er iemand achter zat die hun aandacht probeerde te trekken! Tom bedacht zich geen moment en klauterde over de rand van het kolenhok. Hij was helemaal over de schrik heen en hij had ondertussen al bedacht wie of wat dat geluid veroorzaakte. Katja volgde hem direct. Ze sloop behoedzaam achter hem aan naar de ketel toe en was stomverbaasd over wat ze daarachter zag.

In het donker kon ze eerst alleen de contouren van een

hoopje kleren zien. Maar toen Tom zijn pointertje aanknipte, zagen ze beiden dat er een man bij de verwarmingsbuizen zat. Het was een magere man met een klein hoofd en hij zag er haveloos uit. Hij had zwarte vegen op zijn gezicht, zijn kleren waren vuil, de zakken van zijn kolbertje waren gescheurd en zijn stropdas hing als een natte koninginnedagvlag om zijn nek. Zijn handen waren met handboeien vastgemaakt om een verwarmingsbuis en in zijn rechterhand hield hij een lepel. Op de grond stond een beker en een bord met daarin iets dat op pap leek. Klodders pap lagen op de grond en er liep een spoor van geklonterde pap over zijn broek langs zijn overhemd naar zijn stropdas. De man mompelde iets. Katja vroeg zich net af wat voor taal hij sprak, toen ze zag dat Tom een prop uit zijn mond haalde.
'Dank je', zei de man met krakende stem. Hij had een opvallend hoog keelgeluid, maar er klonk dankbaarheid en vriendelijkheid in zijn stem. Katja vond hem meteen aardig.
'Bent u Wilfred van Eeghen?' vroeg ze direct.
De man knikte en keek haar verbaasd aan. Katja wilde de man net honderd-en-één dingen vragen, toen Tom haar onderbrak. 'We hebben geen tijd te verliezen', zei hij beslist. 'We moeten hem losmaken en direct naar de politie gaan. We hebben nu bewijs genoeg.' Terwijl hij dat zei, haalde hij een etuitje uit zijn zak. Hieruit haalde hij twee metalen staafjes, waarvan er één een gebogen uiteinde had. Hij ging op zijn hurken zitten, pakte de handboeien en stak de staafjes in de sloten bij Wilfreds handen.
Binnen twee minuten had hij ze open. Triomfantelijk keek hij in de verbaasde gezichten van Wilfred en Katja.
'Cursus op internet', zei hij alleen maar.

166

Hij gaf Wilfred een hand en trok hem omhoog. Met een pijnlijk gezicht probeerde de man een paar stappen te zetten. Ze liepen langzaam naar het kolenluik. Wilfred had duidelijk moeite met elke stap die hij zette. Toen ze bij het luik aankwamen, bleek dat ze daardoor met geen mogelijkheid konden ontsnappen. Niet alleen was het te hoog, maar ook had Wilfred zo lang in dezelfde houding gezeten, dat hij te stijf en te stram was om naar boven te kunnen klimmen.

'We mocten door het huis!', fluisterde Tom.

Katja liep naar de deur en opende die voorzichtig. Ze keek de kelder in. Er brandde licht en ze zag dat het een gewone voorraadkelder was. Aan twee wanden waren schappen waarop potten en blikken stonden. Aan de wand naast de deur naar de kolenkelder was een groot rek met daarin flessen wijn. Recht tegenover haar liep een trap naar boven en Katja zag dat de deur bovenaan de trap openstond. Ze wilde zich net omdraaien om te zeggen dat de kust veilig leek, toen ze boven een valse stem hoorde.

'Twee hoeden op maat? Borsalino is weer in tegenwoordig.'

Er volgde een gebrom op de achtergrond dat Katja niet kon verstaan. Daarna vervolgde de raspende stem van Ezechiël: 'U kunt uw jas hier aan de kapstok hangen. Willen de heren mij maar volgen?'

De deur bovenaan de trap ging plotseling helemaal open en Katja kon nog net op tijd achteruit stappen en de deur achter zich dichttrekken. Dat scheelde niet veel. Ze hoorden de mannen de keldertrap aflopen met op de achtergrond het gemene gekakel van Ezechiël. Ze hoorde een schuivend geluid en daarna was het stil. Ze tuurde voorzichtig om de rand van de deur. De kelder was leeg!

Hoofdstuk 36 *De ondergrondse kerk*

Katja draaide zich om naar Tom en Wilfred.
'Ze zijn verdwenen!', fluisterde ze. Tom keek haar niet-begrijpend aan. Wilfred knikte en schraapte zijn keel.
'Er is een verborgen ruimte achter de trap', fluisterde hij met krakende stem. 'Hoofdkwartier van de bende. Mijn broer is daarbinnen.' In het licht dat door de kier van de kelderdeur naar binnen viel, zagen ze dat hij rood was van schaamte en woede.
'Mijn broer heeft mij laten ontvoeren en heeft mij hier gevangen gehouden, geboeid aan de verwarmingsketel. Hij gaf me weinig water en voerde me smerige zoute pap. De ketel was gloeiend heet. Hij wilde me dwingen het geheim van de perkamenten rollen te vertellen. Ik heb hem alleen de code van het cijferslot... jullie weten natuurlijk niet...'
'Sorry dat ik u onderbreek,' zei Tom beleefd, 'maar we hebben geen tijd te verliezen en eigenlijk weten we alles al uit uw Nachtboek.'

Het was onduidelijk wat er meer geluid maakte, de klap waarmee Wilfreds mond dichtklapte van verbazing of de klap die het kolenluik maakte toen het van boven werd dichtgegooid.
Ze zaten in de val!

Tom bedacht zich geen ogenblik en trok Wilfred met zich mee in de richting van de keldertrap. Katja holde achter ze aan. Toen ze halverwege de keldertrap waren, hoorde ze ineens weer dat schuivende geluid. Tussen de treden van de trap door zag ze dat een deel van de muur onder de trap openschoof. Er kwamen twee mannen naar buiten met daarachter Ezechiël. Ze keken naar boven en zetten de achtervolging in.

Tom en Wilfred waren al boven. Tom had de knop van de deur naar de gang in zijn hand, toen die met een ruk werd opengetrokken. Tom werd de gang in gekatapulteerd en landde onzacht met zijn buik op de harde grond en met zijn hoofd tegen de muur. Wilfred werd met hem meegetrokken, maar voordat hij de grond zou raken werd hij ruw opgevangen.
'Zo, ben je daar weer, broertje', klonk de onvriendelijke stem van Berthold. 'Zet jij tegenwoordig kinderen in om te ontsnappen? Wat zijn dit voor snotneuzen en wat komen ze hier doen?'
Hij had Wilfred met de rug tegen zich aangetrokken en omklemde met één arm zijn keel. Wilfred liep een beetje paars aan. Katja had zich intussen omgedraaid en wilde tussen de beide mannen die haar achtervolgden, door duiken. Dat lukte bijna, maar ze had niet gerekend op Ezechiël. Het kleine, gebochelde mannetje greep haar direct vast met zijn sterke armen en weer werd ze bijna misselijk van zijn stinkende adem.
'Zo, is u daar weer, juffie. Deze keer zul je me niet ontsnappen met je vuile trucjes. Dit zijn de kinderen waarover ik u vertelde, meester', vervolgde hij met dwependе stem. 'Dit is

het schorriemorrie dat heeft ingebroken bij uw broer en dat ons al de hele tijd dwars zit met listenstreken en zakkenrollerij.'

Berthold keek vuil van Tom naar Katja en daarna weer naar Tom, die inmiddels door een van de bendeleden werd vastgehouden.

'We nemen ze mee naar beneden, er is er nu vast wel een die mij kan vertellen wat het geheim van de perkamenten rollen is.'

Tom, Katja en Wilfred werden ruw de keldertrap afgesleurd. Ezechiël had Katja overgedragen aan het andere bendelid. Het was een korte, gedrongen man met een breed gezicht en een grote zwarte snor. Hij had een keurig pak aan en rook naar aftershave. Katja was hem daar binnen de gegeven omstandigheden zeer dankbaar voor. Ze begon weer een beetje kleur te krijgen, nu ze niet meer in de buurt was van Ezechiëls mond. Het kleine gebochelde mannetje liep onder de trap door naar de muur en haalde een hendel over. De muur schoof opzij en ze liepen een volgende ruimte binnen.

Wat ze daar zagen, hadden ze nooit verwacht.

Ze kwamen binnen in een volledig witte ruimte, die op het eerste gezicht het meest op een kerk leek. Er waren eenvoudige houten banken geplaatst in twee rijen langs de witte muren. Tussen de banken was een gangpad en aan het eind van dat pad was een altaar. Aan de voorzijde van het altaar was de figuur van de Negenster ingegraveerd. In de muren zaten oude kaarsenhouders en daarboven waren hoge ramen met glas-in-lood. Katja keek haar ogen uit, want de figuren in het glas-in-lood stelden ridders voor in allerlei situaties. Ze kon de voorstellingen goed bekijken doordat er licht door die ramen viel. Achter ieder raam was een schijnwerper geplaatst en dat gaf een effect alsof de zon scheen. Hierdoor werd de ruimte kleurrijk verlicht, maar was er ook een sfeer van geheimzinnigheid. Katja bleef maar staren naar die prachtige illustraties, totdat ze ruw onderbroken werd door Bertholds stem.

'Zo, het theekransje is over. Nu gaan we zaken doen. Wilfred, jij kijkt het meest verbaasd. Wat wil je weten, ik ben nu in een goede bui, want jij gaat mij zo meteen vertellen wat je ontdekt hebt in de perkamenten rollen. Je wilt waarschijnlijk weten wie deze kinderen zijn. Ik heb daar een kort antwoord op: het zijn lastpakken, maar ze hebben op een of andere manier meer ontdekt dan die kleine blinde stinkende pad, anders waren ze niet hier. Maar met hun hulp ga jij mij vertellen wat je weet. Je wilt vast niet dat dit lieve meisje zonder die mooie oogjes verder moet.'

Terwijl Berthold dat zei, haalde hij een voorwerp uit zijn zak. Hij drukte op een knopje en plotseling hield hij het blinkende lemmet van een stilettomes tegen het gezicht van Katja. Die schrok hevig en stapte achteruit, waardoor ze tegen een van de kerkbanken aanviel. De tranen sprongen in haar ogen. Van schrik, maar ook van de pijn, want ze bezeerde zich behoorlijk. Tom sprong op en wilde op Berthold toelopen, maar voordat hij in de buurt van de grote man kwam, had een handlanger van Berthold hem al in een houdgreep genomen.

'Een ridderlijk tiepje,' sprak Berthold snerend, 'dat zie je niet veel tegenwoordig. Alhoewel, als ik om mij heen kijk...'

Hij schoot in een bulderende lach. Ezechiël en zijn twee medebendeleden lachten hard mee alsof ze het echt leuk vonden.

'Bind dat kleine schildknaapje vast, stop een prop in zijn mond en leg hem in de zijvleugel vast aan de vriezer. Dan kan hij nog even kunst kijken terwijl ik zijn jonkvrouw onder handen neem.'

Opnieuw klonk die bulderende lach en weer lachten zijn handlangers met hem mee.

Tom werd met ruwe bewegingen vastgebonden en in de zijvleugel vastgelegd aan een vrieskist. Je hoorde hem gesmoord schelden in de prop in zijn mond. Berthold lachte en draaide zich abrupt om. Hij keek Katja aan alsof ze een prooi was die hij zou gaan verslinden.

'En nu wij, klein kattekopje. Ik zal je laten zien wat ik heb geleerd van mijn Russische vrienden. Goede klanten, slechte manieren, bijzonder handig met steekwapens. Heb jij mij ondertussen al iets te vertellen Wilfred? Niet dat het nu nog veel uitmaakt, ik heb wel zin om mij te vermaken met mijn mesje en dit meisje.' Weer lachte hij om zijn eigen grap.

'Misschien snijd ik een stukje van haar oor af en geef dat aan jou, mijn kunstminnende broer. Net zoals de schilder Van Gogh zijn oor verloor? Ik begin nu ook al te rijmen, ik ben werkelijk in een kunstzinnige bui! Hulde aan mijn beste vriend Vincent van Gogh die zijn oor verloor, maar mij de bloemen heeft geschonken waardoor ik weer rijk ben geworden. Hulde ook aan die kleine schreeuwlelijk van een Munch die ook zo goed zijn eigen werk kon kopiëren. Hulde aan mijzelf die ook zo goed kan kopiëren en kopiëren en kopiëren. Niemand twijfelt aan de echtheid van een gestolen kopie! Zeker mijn rijke Russische vrinden niet, die het hertje van Van Meegeren nog zouden kopen als ik het ze aanbood. Maar genoeg over mij, hoewel erg interessant; het wordt nu tijd dat het meisje of Wilfred iets gaan zeggen.'

Katja was ondertussen meer naar achteren gekropen tussen de kerkbanken. Ze was doodsbang voor Berthold. De man was volledig gestoord en niet een beetje puppydol, dacht ze met enige wrangheid terug aan haar eigen grapje. Berthold kwam op haar af met zijn stiletto in zijn hand. Op zijn kleine hoofd was een gemene grijns getekend. Een katje in het nauw maakt rare sprongen, is het gezegde. Dat gebeurde ook met Katja. Ze stapte op de kerkbank en sprong naar het bankje erachter. Ze landde op de rugleuning, en terwijl dat bankje door haar gewicht achterover viel, sprong ze alweer naar het volgende bankje. Zo sprong ze van bankje naar bankje, een ravage achterlatend van omgevallen kerkbanken. Berthold kon haar niet volgen, want die stond tussen de banken en kon met zijn grote lijf zo gauw geen kant op. Ezechiël en de bendeleden waren zo verrast door Katja's actie en de enorme herrie en ravage, dat ze een aantal seconden overdonderd stil bleven staan.
Katja was intussen bij de schuifdeur aangekomen. Ze rukte aan de hendel en was opgelucht toen de deur direct openschoof. Ze sprong de keldertrap op en was in vier passen bovenaan het trapgat. Ze trok de deur open en holde de gang in naar de voordeur. Ze trok aan de deurknop.
Op slot!

Hoofdstuk 37 *De echte ridder*

Wat moest ze doen? De trap op naar boven? Maar ze had geen idee wat er boven was en hoe ze zich daar kon verbergen. Ondertussen hoorde ze Ezechiël scheldend de trap opkomen.

Ze bedacht zich geen moment: naar de hoedenmaker! Ze holde langs de kelderdeur en gaf er in het voorbijgaan een harde trap tegenaan. Die was raak! Ze hoorde een harde hoge gil en daarna een geluid alsof er een bowlingbal van de trap afrolde. Bom, bom, bommerdebom.

'Auw!' Opnieuw die hoge gil. Ze lachte in haar vuistje. Ze had een enorme hekel gekregen aan dat kleine stinkende mannetje.

Ze holde de kamer van de oude hoedenmaker binnen. De oude man zat in zijn luie stoel en knikkebolde. Ze was in twee passen bij hem en pakte hem bij zijn schouders.

'Meneer Van Schuijlenburg, wakker worden! Meneer Van Schuijlenburg, wakker worden! Ze zitten achter me aan! Er zitten boeven in uw kelder! En Ezechiël is er een van! Er zitten kunstdieven in uw kelder en ze willen mijn oor eraf snijden! Tom is ook beneden...'

Het had geen zin, de oude man was volledig in slaap door het drankje dat Ezechiël hem had toegediend. Hij was buiten bewustzijn.

174

Katja hoorde Ezechiël weer de trap op komen stommelen. Ze moest zich verbergen! Ze keek om zich heen. Met twee kattesprongen was ze bij het bureau en kroop eronder. Op dat moment ging de deur open.

Het was donker in de kamer, dus Ezechiël kon redelijk zien. Katja zag van onder het bureau dat het kleine mannetje systematisch de kamer afzocht. Alhoewel hij niet zeker kon weten of ze hier zat, zag ze dat hij geen centimeter in de kamer oversloeg. Hij kwam nu in haar richting. Ze kon geen kant meer op, alleen...
Ezechiël bukte zich om onder het bureau te kijken. Ver hoefde hij niet te bukken, want hij was natuurlijk niet zo groot. Katja rook zijn zure adem onder het bureau doorkomen in de richting waar zij nu zat, achter de Sfinx. Ze hoorde dat hij op zijn knieën ging en onder het bureau kroop. Zijn raspende adem en zure lucht kwamen heel dichtbij...
'Wat ben je daar aan het doen, Ezechiël?'
Bom! Het kleine mannetje stootte van schrik zijn hoofd. Als ze niet zo misselijk was van die zure lucht, was Katja wel in de lach geschoten en had ze gejuicht van opluchting. De hoedenmaker was weer wakker!
'Ik wacht op antwoord, Ezechiël!'
Ezechiël antwoordde niet, maar kroop zo snel als hij kon achteruit, stond op en dribbelde de kamer uit, zo rap als zijn korte beentjes hem konden dragen.
Katja hoorde de kelderdeur dichtslaan en Ezechiël de trap afrennen naar beneden.
Ze kwam vanachter de Sfinx vandaan en holde naar de oude hoedenmaker. Met snikkende stem wilde ze de oude man vertellen wat er aan de hand was, maar tot haar grote

verbazing stond hij op en liep in de richting van het schilderij van de Ridder de Schuylenbourgh.

Hij kon wel lopen?

Ze zag als in een droom hoe de hoedenmaker een groot zwaard pakte uit een schede die naast het schilderij hing. Het was een enorm ridderzwaard, zo een waar je een volwassen man in één houw mee kon doden. Met het zwaard in zijn handen liep de hoedenmaker in de richting van de gang. Bij de kelderdeur aangekomen, pakte hij het zwaard op en legde het in twee beugels die aan weerszijden van de deur zaten. Hij had de deur vergrendeld met het zwaard!

Hij kwam terug de kamer in en pakte zijn theekopje op. Katja wilde hem nog waarschuwen, maar dat was niet meer nodig. Hij liep naar een plant bij het raam en gooide de inhoud van het kopje in de pot.

'Zo', zei hij met een glimlach om zijn lippen en een glinstering in zijn staalblauwe ogen, 'zullen we meteen de politie bellen of wil je eerst je verhaal aan mij kwijt?'

Hoofdstuk 38 *Het schilderij*

Anderhalf uur later zaten ze opnieuw met zijn drieën in de kamer van de oude hoedenman. De open haard brandde en de oude man had een pijp opgestoken.

De politie had de bende ingerekend en Ezechiël was krijsend afgevoerd en had gegild over zijn operatie die nu niet doorging. Terwijl ze hadden staan te kijken hoe Berthold met handboeien om in de politie-auto werd geduwd, had de grote man hen toegeroepen dat hij hen nog wel te pakken zou krijgen. Wilfred was meegegaan naar het bureau om een verklaring af te leggen.

Katja had tot nu toe het hoogste woord gehad over haar avontuur met Ezechiël en de oude hoedenman had maar net tussendoor de kans gekregen om hun uit te leggen dat hij al had vermoed dat het gebochelde mannetje hem regelmatig een slaapdrankje gaf.

'Ik was soms dagen suf en zoals ik al zei, hele delen van de dag kwijt. Toen ik op een dag per ongeluk de helft van mijn thee had omgegooid, hoorde ik half in slaap een gesprek tussen Ezechiël en een andere man. Dat is al een hele tijd geleden gebeurd. Ze stonden op de gang en waren op weg naar de kelder. Ik wist niet wie de man was, maar hij kende Ezechiël kennelijk vrij goed en hij vertelde over de operatie die hij bijna had geregeld voor mijn knecht. Ik vond dat vreemd, want ten eerste is albinisme niet met een operatie te verhelpen, maar ook begreep ik niet wat die man in mijn kelder kwam doen. Ik ben toen weer in slaap gesukkeld en heb er verder niet meer aan gedacht.

Toen echter Wilfred van Eeghen op bezoek kwam en mij van alles en nog wat over mijn voorvader vroeg, toen realiseerde ik mij dat de stem van de man die ik gehoord had in het gezelschap van Ezechiël, de stem was van Berthold van Eeghen. Ik had de man slechts een paar maal ontmoet, maar ik had direct al een hekel aan hem.

Bovendien bedacht ik, dat als die Berthold in mijn kelder was, dat hij dan op zoek zou zijn naar de schat van de Negenster.'

Tom en Katja spitsten hun oren. Er was dus echt een schat. 'Ja, ik zie dat ik jullie aandacht heb. Er is echt een schat, maar ik denk dat jullie dat al geraden hadden.'

Tom en Katja knikten. Katja zat op het puntje van haar stoel en hoopte dat de oude hoedenmaker doorging met zijn verhaal.

'Berthold heeft de schat nooit kunnen vinden, terwijl ik vermoed dat hij er best lang naar heeft gezocht. Hij was zo veel beneden en Ezechiël zorgde waarschijnlijk zo goed voor hem, dat hij heeft besloten om hier zijn hoofdkwartier te vestigen. Ik weet dat doordat ik steeds vaker mijn thee bij de planten heb gegooid en hen in de gaten heb gehouden.'

'Waarom heeft u dan de politie niet gebeld?', vroeg Tom.

'Omdat ik zeker wilde weten wat ze daar uitspookten en ik moet je eerlijk bekennen dat Ezechiël het toch vaak voor elkaar kreeg om mij te vergiftigen met zijn drankje. Nog een nadeel daarvan was dat ik heel veel vergat en soms dagenlang moest herstellen.'

Katja keek verontwaardigd naar de oude man. 'Als ik dat stinkdiertje nog eens te pakken krijg, dan...'

'Maak je niet ongerust, die krijgt zijn verdiende loon nog wel', sprak de hoedenmaker met trots in zijn stem. 'We hebben de bende opgerold en de schat gered!'

Tom was de eerste die het durfde te vragen. 'Wat is die schat dan?'

De oude man keek Tom doordringend aan en zei toen rustig:

'Dat is een goede vraag, maar niet de juiste.'

Tom keek op zijn neus en zei niets meer.

'Maar ik praat nu alweer een hele tijd', zei de oude hoedenmaker. 'Wat is er allemaal gebeurd nadat jullie gisteren van hier zijn vertrokken?'

Dat was het sein voor Katja om haar spraakwaterval open te zetten. Ze vertelde alles wat ze hadden meegemaakt vanaf het moment dat zij getuige was geweest van de ontvoering.

'En', besloot ze haar verhaal, 'wat nou het meest bijzondere is, is dat vanaf het moment dat ik die hoed vond, de weg naar hier werd bepaald door de getallen van negen.'

'Ja', vulde Tom aan. 'Hoe kan het dat bijna negenhonderd jaar na de Ridder van Schuijlenburg, allerlei negens en de cijfers op de punten van het Enneagram ons de weg wijzen?'

'Ik kan dat niet zomaar verklaren. Misschien is het wel een voorspelling, ik weet het niet. Tom, lees de boodschap op het briefje nog eens voor?'

Tom las:

'De weg wordt bepaald door de getallen van negen
Het Enneagram wijst waar de wondere schat is gelegen
Wat zal worden gevraagd, behoeft niet te worden verzwegen
Alleen de ware vriendschap behaalt met volharding de zege.'

'Hebben jullie mij nog iets te vragen misschien?'
Katja beet op haar lip en vroeg: 'Is de ware vriendschap de
schat die we moesten vinden?'
De blauwe ogen van de oude hoedenman lichtten op.
'Ja, dat is ook een goede vraag! En nee, dat is niet de schat
die jullie moesten vinden. Die vriendschap en het vertrouwen in elkaar, die hadden jullie al veel eerder gevonden. Dat
is overigens wel een schat op zich en door die vriendschap
hebben jullie met volharding de zege kunnen behalen,
toch?'
Tom en Katja keken de oude man vragend aan. Je hoefde
niet te kunnen liplezen om de vraag te kunnen zien die
brandde op hun lippen.
Tom stelde hem toch: 'Wat is de zege en waar is de schat
dan?
'De zege is het overwinnen van de vijanden van de Orde
van de Negenster. Berthold van Eeghen en zijn bendeleden
waren duidelijk vijanden van de Orde. Zij waren op zoek
naar de schat en die hebben ze, door jullie heldhaftige optreden, niet kunnen vinden.
Maar het tweede gedeelte van je vraag, dat is inderdaad de
vraag die je moest stellen.
Wat zal worden gevraagd, behoeft niet te worden verzwegen.'
De hoedenman stond op, liep naar het schilderij van de

Ridder van Schuijlenburg en zei: 'De echte schat was al die tijd al hier, eigenlijk in het zicht, maar toch goed verborgen. Het raadsel op het briefje heeft je de weg naar de schat gewezen door middel van het Enneagram en de getallen van Negen. En omdat je hier via allerlei aanwijzingen terecht bent gekomen, in het hoofdkwartier van de Orde van de Negenster, hoefde je alleen maar te vragen waar de schat is en die vraag heb je nu gesteld.'

Hij wees naar de afbeelding van de Ridder van Schuijlenburg en vroeg: 'Valt jullie iets op aan dit schilderij?'

Toms scherpe ogen scanden het hele schilderij, maar hij zag niets bijzonders. Ook Katja schudde haar hoofd.

De hoedenmaker draaide zich om naar de muur en drukte op de punten van het Enneagram. Hij deed dat in dezelfde volgorde als Tom dat had gedaan in de kast. Plotseling zwaaide de figuur van de Negenster open. Het was geen schilderij in een lijst, maar een muurschildering met een lijst er omheen!

De oude man haalde een kistje uit het gat in de muur. Het was een prachtig bewerkt houten kistje met koperen beslag. Het was kennelijk erg zwaar, want hij zette het met moeite neer op de tafel voor hen. De hoedenmaker wenkte Tom en Katja dat ze naar de tafel moesten komen. Met een zwierig gebaar haalde hij een sleutel tevoorschijn die hij aan een ketting om zijn hals droeg; hij maakte het kistje open en zei: 'Kijk, dit is de echte schat van de Orde van de Negenster!'

Tom en Katja bogen zich over het kistje en zagen dat het vol zat met gouden munten!

Er was dus al die tijd een echte schat geweest! Vol bewondering staarden ze zwijgend naar het goud.

De hoedenmaker pakte er voorzichtig twee munten uit en gaf die aan Tom en Katja. Ze zagen direct dat er op de munten de afbeelding van de Negenster stond.

'Deze gouden amuletten zijn alleen bestemd voor de Ridders van de Orde van de Negenster', sprak de oude man plechtig en hij haalde voor de tweede keer die dag het grote zwaard uit de schede naast het schilderij.

'Ga nu op één knie zitten en houd het amulet van de Negenster tegen je hart.'

Bij het flakkerende haardvuur gingen Tom en Katja op één knie zitten met de gouden munten tegen hun harten.

De oude man ging voor hen staan en sprak, terwijl hij met zijn zwaard op hun schouders tikte:

'Lieve Katja en Tom, jullie moed, volharding en vriendschap hebben tot de zege geleid van onze Orde. Daarom, uit naam van Ridder Beaudouin de Schuylenbourgh, sla ik jou Katja en jou Tom, tot Ridders in de Orde van de Negenster! Ik vertrouw erop dat jullie nog vele goede daden zullen doen en ik hoop dat ik in de toekomst nog veel dagen in jullie gezelschap mag doorbrengen.'

Tom en Katja waren er stil van:
ze waren Ridders geworden!

Over de schrijver

Rob Buiskool is geboren in 1955 te Wageningen. Hij studeerde Engelse en Amerikaanse literatuur in Nijmegen. Hij heeft een bedrijf dat trainingen verzorgt op het gebied van computervormgeving.

Rob schrijft artikelen voor vaktijdschriften en omdat hij voor zijn kinderen altijd verhaaltjes verzon voor het slapen gaan, werd het zijn droom om kinderverhalen te schrijven.

Deze verhalen zijn gebundeld in 'Harrie het harige visje en andere verhaaltjes'.

'Tom en Katja en het Mysterie van Negen' is het eerste tienerboek dat verschenen is in een reeks Tom en Katja -avonturen. Rob is al begonnen aan het tweede boek dat de titel 'Tom en Katja en het Mysterie van het Meesterwerk' zal krijgen.

Lees ook:

Tom en Katja en het Mysterie van het Meesterwerk

Tom en Katja gaan achter de herkomst aan van een oud schilderij dat uit Toms huis wordt gestolen. De dief is hun aartsvijand Berthold van Eeghen, die ontsnapt is uit de gevangenis. Het schilderij bevat een geheim dat te maken heeft met waardevolle voorwerpen die tijdens de Tweede Wereldoorlog door de Duitsers zijn gestolen.

Door de geheime codes en verborgen aanwijzingen van de schilder op te lossen, komen Tom en Katja achter het Mysterie van het Meesterwerk.

Tom en Katja en het Mysterie van de Magister

Tom en Katja vinden een oud aantekeningenboek van een verre voorouder van Tom, Timon van Londen. Timon was in de 17e eeuw leerling van magister Cornelis Drebbel. Drebbel was een alchemist in dienst van Koning James VI van Engeland. Hij was onder andere de uitvinder van de microscoop en van de eerste duikboot die een aantal uren onder water kon blijven. De aantekeningen in het oude album van Timon zetten Tom en Katja op het spoor van de gouden eeuwigdurende klok en het Mysterie van de Magister.